정오에서 가장 먼 시간

정오에서 가장 먼 시간

도종환 시집

창비

차
례

제1부

010 깊은 밤

013 쉬는 날

016 정오에서 가장 먼 시간

018 흐린 날

019 바깥

022 쌍무지개

024 노을

025 낙조(落照) 1

026 낙조 2

028 동행

029 별

030 고요

032 사의재(四宜齋)

034 소금

035 사흘 뒤

036 그의 시

038 풀잎의 기도

040 초저녁별

제2부

042   예감

044   구월 태풍

046   공소(公所)

047   늦게 핀 꽃도 아름답다

050   가을 산길

051   가을 강

054   가을 나무

056   고마운 일 2

057   숲을 떠나온 지 오래되었다

060   결실

062   매화나무

064   촛불 네개

065   대림(待臨)

068   법고

069   백색 감옥

072   이단

074   가난한 절

075   밤바람

076   사랑

제3부

080   새해

082   콩떡

083   로잔

086   속유(俗儒)

088   심고(心告)

090   오후

092   폭설

093   입동

094   겨울나무

096   철쭉꽃

097   이른 봄

098   초봄

100   편지

102   고마운 일 1

104   어떤 꽃나무

105   꽃나무

106   라일락

107   좋은 나무

제4부

110   사림(士林)

113   출항

116   도시 장미

118   칼

120 충돌

122 무너진 신전

124 그때

125 연꽃

126 뜨거운 고독

127 칠월

128 성탄의 밤

129 겨울 산

130 새집

131 차를 기다리는 시간

132 처서

134 전세

136 적요

138 전야

140 해설 | 진은영

153 시인의 말

제 1 부

깊은 밤

어려서 아버지께 편지를 자주 쓴 것
첫 줄을 쓰기 위해 별을 올려다본 것
슬픈 밤마다 별들과 가만히 눈을 맞춘 것
실패한 아버지를 찾아 떠도는
어머니가 보고 싶어 혼자 조용히 운 것
수업 시간에 창밖을 자주 내다본 것
화폭에 칠한 색감에 몰입하는 시간이 좋았던 것
수시로 도서실로 달려가던 오후
'사랑이 무성한 수풀' 같은 소설 제목에 끌려
무성한이란 말과 수풀에 대해 수많은 상상을 한 것
나이 들어서 결국 숲속에서 살게 되었고
영혼을 편하게 하는 일이 숲의 일이라는 걸 알게 된 것
내 인생에서 잘한 일을 들라면
나는 이런 것들을 떠올린다

기다리는 일에 익숙해진 것
인내의 길이를 길게 늘여가는 게 시간이고
시간이야말로 은혜롭다는 것
시간이 사람을 깊게 한다는 말을 믿은 것

어머니에게 여린 마음의 씨앗을 물려받은 것
그 씨앗이 자라
제비꽃 애기똥풀 같은 꽃만 보아도 마음이 순해지고
사랑하는 이를 만나면 마음이 선해지던 것
스무살에 니체를 알게 된 것
반야심경을 꼼꼼히 읽은 것
좌절과 자학이 질펀하던 시절에
사르트르와 키르케고르를 만난 것
빈곤한 날들의 끝에 톨스토이를 좋아하게 된 것
변방에서 쑥부쟁이처럼 비천하게 살았지만
의롭게 살다 간 사람들의 인생을 흠모하게 된 것
시골 학교 선생으로 오래 일한 것
그것도 잘한 일의 목록에 들어가야 할 듯싶다

세상에는 문자를 만들어 나무껍질에 새겨
공유하기 시작한 이도 있고
범람하는 세상의 강을 다스리는 일에 생을 던진 이도 있고
전염병으로 죽어가는 아이들을 살려낸 이도 있고
증기의 압력으로 동력을 얻어 새 시대를 연 이도 있으나

나는 세상을 바꾸는 어마어마한 일을 하거나
역사의 물줄기를 튼 사람들 근처에도 못 간다
잘하는 것보다 못하는 게 더 많고
세상에는 나보다 훌륭한 사람이 많다는 걸 안다
내 안에는 빛보다 그늘이 많지만
그늘도 사랑하고 햇빛도 사랑한다
햇빛에 반짝이는 부분이 나를 앞으로 나아가게 하고
그늘진 곳이 나를 겸손한 자리에 머물게 한다

내 인생이 나를 통해 무엇을 이루려 하는지
아직도 다 알지 못하지만
여기까지 함께 와준
고마운 내 인생을 향해 편지 한장 쓰는 밤
별을 올려다보는 밤이 깊다

쉬는 날

온전히 쓸 수 있는 하루의 시간이 생긴다면
깊은 골짜기를 찾아가리라
밤새 무거워진 안쪽의 공기를 새벽 공기와 바꾼 뒤
초록을 만지고 온 바람을 깊게 받아들이며
해 뜨는 쪽 향해 몸 낮춰 절하고 정좌한 채
고요를 내 안에 가득 채우리라
황폐해진 지난날과 흔들리는 오늘과
불안한 미래를 고요 안에 멈춰 세우리라

그렇게 흩어졌던 마음의 뼈를 가지런히 수습한 뒤
한두시간쯤 달려 깊은 곳을 찾아가리라
한동안 적조했던 숲의 참나무들에게 인사하고
다람쥐 안부를 묻고 나서는 침묵하리라
상사화가 알아들으면서도 말하지 않듯
배롱나무꽃이 빛깔로 말하고는 더 말하지 않듯
나도 묵언으로 하루를 보내리라

골짜기를 흘러 내려가는 물줄기가 대신 말하고
뻐꾸기가 내가 왔다는 걸 숲에 다 말했으므로

나는 떡갈나무가 바람과 나누는 이야기를 들으리라

하늘을 오래오래 바라보리라

흘러간 것들과 흘러가는 것들을 지켜보리라

그리운 사람을 생각하리라

오랫동안 만나지 못한 채 흘러간 세월과

여기까지 걸어온 내 운명을

많이 후회하며 구름과 함께 있으리라

그날은 적게 먹으리라

찐 감자 한개

삶은 옥수수 하나

작은 과일이 있으면 충분하리라

덜 채워진 허기의 공간을 음악으로 채우리라

가지고 간 시집도 다 읽지 않으리라

몇편만 읽고 밀쳐두리라

그동안 너무 많은 것을 읽으며

읽은 것들에 얽매여 산 날이 많았으므로

지식에 대한 갈구가 집착이 되지 않도록

내려놓으리라

조용히 지워지는 시간 속에
내가 지워질 수 있도록 놓아두리라

바람이 내게 와 나를 어루만져주리라
바람이 나를 위로하며 들려주는 말을
알아들을 때까지 바람과 함께 있으리라
맨발로 산길을 걸으며
흙이 발에 닿는 감촉의 미세함을 느끼리라
골짜기 물에 손을 담그고 세속의 손을 씻으리라
돌아갈 날을 생각하리라
흙과 물과 햇빛과 바람에게서 받은 기운이
하나하나 몸을 빠져나가는
마지막 날의 내 자세에 대해서도 사유하리라

어두워질 무렵 돌아오리라
그날 보낸 시간에 대해 아무에게도 말 안 하지만
감사하리라
나와 함께하는 것들에게 감사하리라
돌아오는 길 별 몇개가 나를 지켜보리라

정오에서 가장 먼 시간

깊고 고요한 밤입니다
고요함이 풀벌레 울음소리를
물결무늬 한가운데로 빨아들이는 밤입니다
적묵의 벌판을 만나게 하여주소서
안으로 흘러 들어와 고인
어둠을 성찰하게 하여주소서
내가 그러하듯 온전하지 못한 이들이 모여
세상을 이루어 살고 있습니다
어제도 비슷한 잘못을 되풀이하였습니다
그러니 도덕이 단두대가 되지 않게 하소서
예단을 넘어서는 원융의 길을 찾을 수 있게 하소서
비수를 몸 곳곳에 품고 다니는 그림자들과
적개심으로 무장한 유령들이 넘쳐나고 있습니다
관용은 조롱당하고
계율은 모두를 최고 형량으로 단죄해야 한다 외치고 있습
니다
시대는 점점 사나워져갑니다
사람들이 저마다 내면의 사나운 짐승을 꺼내어
거리로 내몰고 있기 때문입니다

스스로 목숨을 끊어도 면죄는 없습니다
지금은 정오에서 가장 먼 시간
사방이 바닷속 같은 어둠입니다
우리 안의 깊은 곳도
환한 시간이 불빛처럼 내려올 때 있고
해 뜨는 쪽과 멀어져 그늘질 때 있고
캄캄해져 사물을 분별하지 못할 때 있습니다
그 모두가 내 안의 늪으로 흘러와 고입니다
서로를 부족한 그대로 인정하게 하소서
타인이 지옥이지 않게 하소서
곳곳이 전쟁터이오니
당신 손으로 이 내전을 종식하여주소서
사람들이 고요한 밤의
깊은 흑요석 같은 시간을 만나게 하여주소서
내 안의 어두운 나를 차분히 응시하게 하여주소서

흐린 날

날이 흐리다
날이 흐려도 녹색 잎들은
흐린 허공을 향해 몸을 세운다
모멸을 모멸로 갚지 말자
치욕을 치욕으로 갚지 말자
지난해 늦가을 마디마디를 절단당한
가로수 잘린 팔뚝마다
천개의 손과 천개의 눈을 가진 연둣빛 잎들이
솟아나고 있다
고통을 고통으로 되돌려주려 하지 말자
극단을 극단으로 되돌려주려 하지 말자
여전히 푸르게 다시 살아가는 것
그것이 가장 큰 복수다

바깥

바깥이 나쁘진 않았다
수피 안쪽은 아늑하고 조용하였으나
바깥을 선택한 수액이
새순의 연두가 되고 꽃망울의 연분홍이 되는 것은
시도해볼 만한 일이었다
낡고 딱딱하고 지루한 껍질을 뚫고 나왔다는 것만으로
환호가 터져 나왔으나 세상의 환호는
천천히 낙화와 자리를 바꾸며 바닥으로 떨어지고
망각과 만나 지워지는 일이 이어졌다
친구 딸이 아이를 낳았다는 것과
조리원에 확진자가 생기는 바람에 시골집으로 내려와
봄 냄새 흙냄새 속에서 자라게 되었다는 것도
바깥으로 나와서 알게 되었다
호스피스 병동으로 옮긴 다른 친구는
가쁜 숨을 참으며 네가 친구여서 좋았다고 했지만
저녁에는 매화 꽃잎이 눈송이처럼 쏟아졌다
세상은 이긴 자와 진 자로 나뉘어
이긴 자들의 방자한 시간이 지속되었고
인구의 절반이 뉴스를 보지 않는 날이 찾아왔다

꽃이 하염없이 지는 동안

배신자들이 권력의 자리로 옮겨가고

물 위에 떨어진 꽃잎들은 악취 속을 부유하였으며

바닥에 떨어진 여린 꽃잎들이

몸부림치며 바람에 끌려가는 시간 내내

지는 해를 바라보았다

망고빛 하늘이 찬란한 것은

지는 해에 대한 마지막 예의라고 생각하였다

산 위에 줄지어 선 나무들도 노을을 향해 경배하였다

거창한 계획을 세운 뒤 바깥으로 나온 건 아니었지만

세상으로 나온 건 잘한 일이었다

세상은 박수와 경멸과 영광과 치욕과 환희와 고통 중

어느 하나만 줄 리가 없었다

이것들을 차례차례 경험하는 동안

한 생의 절반쯤이 지나가고

산벚나무 꽃잎이 지는 고개를 걸어 내려오며

오래 쓸쓸할 것임을 나는 안다

설렘 속에 꽃이 피었다

슬픔 속에 그 꽃이 지는 동안

한 생애가 흘러갈 것이다
그리고 흙바람이 그것들을 덮을 것이다
그래도 바깥으로 나온 것이
꽃잎이나 나나 나쁜 선택은 아니었다

쌍무지개

사흘 낮밤 내리던 비가 오후에 그쳤습니다
추녀 밑에 빗방울 떨어지던 소리 잦아들자
두충나무 위로 치솟는 새소리 들립니다
빗방울 무게에 허리가 휜 노랑붓꽃 사이에서
어린 붓꽃이 환하게 웃고 있습니다
빗속에서 밭일을 하다 흙투성이 된
옷들을 빨래통에 넣으며
내일 마당 가득 내리는 햇볕에 바삭바삭
마르는 광경을 떠올려봅니다
침침하고 눅눅한 날들도 희고 보송보송하게
마르는 걸 지켜보는 시간이 오길 바랍니다
비늘구름 가득한 서쪽 하늘은
지는 해가 뿜어내는 빛을 받아 찬란합니다
비를 피할 길 없던 날들이 지난 뒤
낮은 산 위로 쌍무지개 뜨는 날이
찾아온 것만으로도 희망이 있을 것 같고
좋은 날이 우리를 기다릴 것이라 믿게 하던
젊은 날은 아름다웠습니다
비록 거기까지였지만

폭우가 쏟아지는 날은 또 찾아오고
흙먼지 몰아치는 거리에서
두 손으로 두 눈을 가리며 울던 날이 또 오곤 했지만
순진하다는 소리를 들으면서도
온전히 믿고 순하게 사는 일이
왜 지속되어서는 안 된다는 건지 가슴 아팠습니다
비늘구름 지나가고 나면 광활한 하늘은
작약빛으로 세상을 덮고
하루쯤 평온한 저녁을 맞는 일
젖은 머리를 말리며 휴식의 시간에 기대어
소쩍새 소리를 듣는 일이
부디 그대에게도 내게도 지속되길 바랍니다

노을

그대가 안간힘을 쓰고 있을 때
능소화보다 더 진한 노을이 그대 뒤에 있었다

그대가 기진맥진해 있을 때
감빛 노을에 어둠의 먹물이 흘러들고 있었다

그대의 한쪽 무릎이 주저앉을 때
노을은 한쪽 가슴이 까맣게 타고 있었다

포기하지 마라
재가 된 하늘 위에 사리 같은 별이 뜬다

그 별이 더 많은 별을 불러올 것이다
땀방울에 섞인 눈물 닦고 허리를 펴라

어둠 속에 어둠만 있는 게 아니다
저녁 바람도 초승달도 모두 그대 편이다

낙조(落照) 1

해가 지는 걸 지켜보았습니다

오늘 일기는 이 한줄입니다

낙조 2

해가 지는 걸 지켜보았습니다

잘 익은 감빛 날숨 길게 뱉어
하늘과 강을 같은 빛깔로 물들이는 걸 보며
읽던 시집을 덮습니다
경건해야 할 것 같았습니다
또르륵 몸 떠는 손전화 밀어놓았습니다
해 지는 동안은 정숙해야 할 것 같았습니다
오늘 하루도 산만하였습니다
낙조 앞에 두 손을 모읍니다
물고기 비늘을 반짝이게 하거나
물결마다 목걸이를 달아준 것도 저 해입니다
진달래꽃에 엷은 분홍을 준 것도 저 해입니다
하던 일을 접고 그것들을 보았습니다
장미 줄기에서 연둣빛 새잎을 꺼내거나
수선화가 구근의 주머니 속에 숨겼던
푸른 줄기를 보여주며
더 보여줄 샛노란 무엇이 손안에
들어 있다는 걸 눈치채게 한 것도

저 해가 오늘 낮에 한 일입니다
많은 것을 읽었으나 깊어지지 않았고
종종거리며 일했으나 허전한
나의 하루를 밀쳐놓고
나뭇가지 하나 물고 돌아가는 새를 봅니다
하루 종일 두 뼘 아래 놓인 활자들만 톡톡 쪼다
하늘을 잃어버린 새가 되어 살았습니다
그 생각을 하며 다만 침묵하고 서서
지는 해에 경배하였습니다
하늘 가득한 그의 온전함
대지 가득 내린 그 온전함의 말없음에

동행

혼자 감당하기엔 너무 버거운 아픔일 때
그 위로 찬 바람 불어 거리를 쓸고 갈 때

혼자 버티기엔 통증의 칼날이 너무 깊을 때
그 위로 저녁이 오고 어두워질 때

혼자 견디기엔 슬픔의 여진이 너무 클 때
그 세월 너무 길어 가늠하기 어려울 때

작은 눈물이
큰 눈물을 잠시 안아준다면

별 하나가 다른 별 하나 불러
상처의 주위를 따스하게 비춘다면

먼 길 가다 만난 나무처럼
푸른 등을 내줄 동행 있다면

별

도시 하늘에 별이 지워지고 있는 걸
내가 눈여겨보지 않으면

먼지 속에서 내 영혼이 지워지고 있는 걸
별들도 눈여겨보지 않으리라

고요

담채색 능선 위로 새들이
줄지어 날아가고 있었는데
아무 소리도 들리지 않았다
멀어서일까
돌아가야 할 시간의 무거움 때문일까
고요는 참으로 존엄하였다
고요의 존엄함을 조금 더 지켜주기 위하여
나는 가만히 눈을 감았고
하늘은 큰 팔 벌려
저녁의 맑은 잿빛과 가사(袈裟)빛 적막을 감싸안았다
한 해가 저물고 있었다
버려야 할 말이 얼마나 많았는가
세상을 속이는 현란한 기술은 얼마나 넘쳐났는가
부끄러움이
언제부터 이렇게 부끄러운 줄 모르고 활보했는가
내일부터 며칠 산간에는 눈이 오고
내가 있는 곳은 안개비 뿌린다고 한다
고요를 따라 멀리 순례라도 떠나야겠다
나를 데리고

눈 내리는 적요의 깊은 숲으로 들어가야겠다
세상은 갈수록 경박해지고
나도 자주 갈피를 못 잡곤 했다
고요가 나를 지워줄 것이다
고요의 존엄이 나를 지켜줄 것이다

사의재(四宜齋)

잿빛 구름에 가려
은빛 해 보이지 않는다
비릿한 바람에 산발한 머리카락 어지럽다
장기곶으로 갔다가 다시 강진으로 유배 온 지
여러달이 흘렀다
권력을 지키지 못한 죄가 크다
대왕의 개혁 권력이 무너진 뒤 정국은
급격히 보수화하고 있다
선왕은 다시 만나지 못할 분이었다
다시 오지 않을 기회를 잃어버리고
목숨만 겨우 부지하여
위리안치된 하루하루를 보내는 게 참담하다
살아 있다는 것이 참으로 욕되지만
생각을 담백하게 하고 용모를 단정히 하며
다시 과묵해야겠다
다시 진중해야겠다
수구 주류와 외척 정치에 끈을 대려는 이들이
나를 살려두면 안 된다는
상소를 다투어 올리고 있다 한다

죽음을 받아들여야 하는 일도 무겁지만
운명을 받아들이는 일 또한 무겁다
난제들을 가지런히 정리해보자
대왕의 장례가 끝났으니
나도 이미 죽은 것이라 여기자
열망이 앞섰던 지난 생애에 곡하고
여기 이 유배지 행랑채에서 다시 시작하자
종자보다 중요한 게 흙의 힘이라는
주막집 안주인 말은 의미가 깊고 크다
이 누옥의 곤궁한 처소를 사의재라 부르자
기민들을 위해 꼭 필요한 일의 목록을 정리하자
태풍이 지나간 뒤 다시 또 태풍이 몰려올 듯싶다
바람의 냄새가 예사롭지 않다
받아들이자
몰려오는 거센 바람의 거친 보복과
사나운 운명을 있는 그대로 받아들이자
침착하게 그것들을 대면하자

소금

썩어가는 것들과 맞서면서
여전히 하얗게 반짝일 수는 없다
부패하는 살들 속에서
부패를 끌어안고 버티는 동안
날카로운 흰빛은 퇴색하고
비린내는 내 몸을 덮었다

그걸 보고 사람들은 저게 무슨 소금이야 한다

내가 해야 할 일을 경전은 거룩하게 기록했으나
이승에서 내가 맡은 역할은
비린내 나는 세상을 끌어안고 버티는 일
버티다 녹아 없어지는 일
오늘도 몸은 녹아내려
옛 모습 지워지는데

그걸 보고 사람들은 저게 무슨 소금이야 한다

사흘 뒤

마음 놓고 슬퍼할 시간이 없다
마음 놓고 기뻐할 시간도 없다
돌아오는 길
어두운 뒷자리에서
혼자 많이 울었다

큰일 치르고 난
사흘 뒤

그의 시

그의 시는 비단처럼 화사하지 않다
그의 시는 달변이지 않고
세련된 기교로 탄성을 불러일으키지도 않는다
그의 시는 연필로 쓴 시라서
읽다가 조금 고쳐도 될 것 같다
다소 어눌한 데가 있고 투박한 것은
고향 언저리를 맴돌며 살고 있기 때문이다
그의 시는 잡곡밥처럼 따스해서
천천히 음미하며 읽게 된다
그가 뜨겁기보다 따스한 사람이라 그럴 것이다
그는 시를 쓰다가 가만히 눈물을 흘리곤 한다는데
그래서 그의 시를 읽다가 눈물 날 때 있다
사는 건 고달프고
많이들 외로워한다는 걸 그는 안다
그 자신이 그렇게 살았기 때문이다
그의 시를 읽는 동안 남을 용서하게 되는 것도 좋다
그의 시는 깃발처럼 휘날리지 않고
나팔 소리가 되어 전선으로 몰려가게 하지도 않는데
어떤 때는 명치끝을 뜨겁게 하고

주먹을 쥐게 한다
그의 눈빛이 맑기 때문이다
맑은 눈으로 차분하게
먼 노을을 응시하곤 하기 때문이다

풀잎의 기도

기도를 하지 못하는 날이 길어지자
풀잎들이 대신 기도를 하였다
나 대신 고해를 하는 풀잎의 허리 위를
쓰다듬던 바람은
낮은음으로 성가를 불러주었고
바람의 성가를 따라 부르던
느티나무 성가대의 화음에
눈을 감고 가만히 동참했을 뿐
주일에도 성당에 나가지 못했다
나는 세속의 길과
구도의 길이 크게 다르지 않다고 말했지만
사람들은 믿으려 하지 않았다
원수와도 하루에 몇번씩 악수하고
나란히 회의장에 앉아 있는 날이 있었다
그들이 믿는 신과 내가 의지하는 신이
같은 분이라는 걸 확인하고는 침묵했다
일찍 깬 새들이 나 대신 새벽 미사에 다녀오고
저녁기도 시간에는 풀벌레들이 대신
복음서를 읽는 동안

나는 악취가 진동하는 곳에서 논쟁을 하거나
썩은 물 위에 석간수 몇방울을 흘려 보내기 위해
허리를 구부렸다
그때도 오체투지 하고 있는 풀들을 보았다
풀잎들이 나 대신 기도를 하였다

초저녁별

초저녁별은 알고 있었을까
꿋꿋하게 산다고 외롭지 않은 게 아님을
근원적인 질문 끝에는
늘 쓸쓸한 시간이 오는 것임을

제 2 부

예감

뜨거운 시간의 여진도 구월까지지
그뒤에는 단풍 드는 날들이 기다리고 있지
산도 눈에 띄게 수척해지고
어딘가 희끗희끗해지고
긴 옷으로 여윈 팔을 가려야 하는 아침이 오지
나뭇잎은 어떤 예감에 몸을 떨지
사랑이 길어질수록 불안은 깊어지고
혼자 뒤척이다 우리도 어떤 예감과 마주치지
도토리 한알이 땅에 떨어지는 소리를
다람쥐가 알아듣고 꼬리를 바짝 세우는 날
절정에서 떨어져 깨지는 열매를 보며
알 수 없는 곳으로 또르르 굴러가는
운명의 기척에
귀를 쫑긋 세우며
소란한 숲의 소리 중에 어떤 소리를
가려듣는 날이 있지
느티나무 잎이 우수수 떨어져 내리는 저녁
알면서 붙잡을 수 없는 것들이 있지
숲에 가을이 내리는 걸 막을 수 없듯

사랑에도 가을이 오는 걸 막을 수 없지
모든 사람은 사랑의 가을을 거쳐 간다는 걸
가을은 알고 있지

구월 태풍

달개비꽃이 피어서
구월은 왔는데
주말마다 태풍이 올라오고 세찬 비 뿌린다
내일이면 백로(白露)
백로 닷새 뒤에는 기러기가 날아오고
또 닷새 뒤에는 제비가 남쪽으로 돌아가고
또 닷새 뒤에는 새들이 먹을거리를 쌓아둔다는데
그런 평온한 일상으로 돌아갈 수 있을까
올해는 연이은 큰비로 과일 농사를 망쳤다
낙과처럼 떨어져 멍이 든 마음
역병 때문에 추석에도 고향에 가는 걸 자제해달라는데
일찍 불이 꺼진 밤거리는 적막하고
휴업이라고 쓴 글씨가 닫힌 문 위에서 젖은 채 펄럭인다
환난은 내년에나 멈추리라 하는데
재난 속에서도 부디 마음을 추슬러
삭막해진 마음을 먼저 꺼내놓지 말고
온기를 살며시 꺼내놓을 수 있기를 바란다
어려운 이에게 내 지닌 걸 슬며시 밀어놓는 손길이
내게서 먼저 시작되기를 바란다

오후 늦게까지 비는 그치지 않을 것이라 하는데
맑은 하늘을 본 게 언제인지 아득하다

공소(公所)

주말 오후 시골 공소에 가자
느티나무 잎 다 지고
은행나무가 몇개 남은 이파리로
바르르 떨리는 마음을 인사로 대신하는 날
혼자 서늘히 있다 오자
미움과 분노 말고도
몸을 적시는 것들 많아 출렁일 때
물결에 집착해 바다를 보지 못할 때
시시비비의 영역에 갇혀
광활한 벌판을 잃어버렸을 때
공소의 나무 십자가에 조용히 물어보자
요란하지 않은 곳이 없으므로
갈수록 세상의 목청이 커지고 있으므로
겸허한 시간이 손짓해 나를 부르는 날
그 시간을 만나러 가자
중요한 결정을 앞둔 날
내 확신이 다른 이들의 생을 찌르는
무기가 되어 있을지 모르니
적막한 시간이 서성대는 공소에 가자

늦게 핀 꽃도 아름답다

늦게 핀 꽃도 아름다운 시월입니다
개미취꽃 옆에 앉아 연보랏빛 당신 이름
흙에다 써봅니다
내일이 한로(寒露)입니다
당신의 생은 가을 어디쯤을 지나고 있는지요
새벽 숲에 앉아 있으면
음악도 번거로운 시간이 있습니다
숲의 호흡에 내 사유의 속도를 맞추며
가만히 눈을 감습니다
밤을 지새우고 난 시월의 나무들은
생각이 깊어집니다
예감으로 교유하는 나무들의 수어에는
언어 이상의 것이 들어 있습니다
천명(天命)을 아는 것
삶의 깊은 시간에 우리는 그것을 경험합니다
가장 가파른 곳에 서서
나의 나머지 생과 바꾸어야 할 것이
무엇인지를 아는 것
묵상 끝에 들리는 음성을 나무들도 압니다

껍질을 깨고 나아가야 할 때와
구차하지 않게 물러나야 할 때를
한송이 들국화도 압니다
지나치면 반드시 화를 입는다는 걸
나이 많은 산짐승들은 알고 있습니다
의지에 의해서가 아니라
운명에 의해 결정되는
어떤 것들이 있다는 걸 압니다
영산홍 줄장미 칸나가 줄지어 붉게 필 때
존재 자체가 보이지 않던
당신의 봄과 여름을 생각합니다
쑥부쟁이처럼 보낸 무명의 날들
누구도 눈여겨보아주는 이 없던 봄날과
고통스럽게 견뎌야 했던 폭염의 시간
그때를 생각할 때마다
나는 늦게 핀 꽃들의 운명을 사랑합니다
제 계절을 안다는 것
그게 천명을 안다는 것이지요
들국화 핀 새벽 산길로 스며들며

당신의 여린 이름 불러봅니다
늦게 핀 꽃도 아름다운 시월입니다

가을 산길

구절초 빛깔도 곱게 피어 있었는데
멈칫멈칫하다가 거기 두고 왔네
코스모스 줄지어 여린 손 흔드는데
발을 멈추려다 그냥 지나쳐 왔네
그냥 두고 가라고 저녁 바람이 일러주었네
혼자 고개를 넘다 몇번 뒤돌아보았네
이렇게 혼자 고개를 넘는 거라고
좋은 것들도 다 거기 두고 가는 거라고
가져갈 게 많지 않다는 걸 알지 않느냐고
가을이 가까이 와 가만가만 일러주었네

가을 강

느티나무 잎이 군데군데 누렇게 물들고 있습니다
북쪽 산록에는 서리가 내렸다 합니다
지난여름은 뜨거웠고 내 하루하루도 그러하였습니다
무거운 날들과 끓어오르던 시간을 지나
가을까지 왔습니다
어떤 날은 피를 묻히고
어떤 날은 오물을 밟기도 하면서
난세의 날을 걸어온 지 오래되었습니다
고요한 숲에서 받았던 정갈한 기운은 소진되고
흙투성이 되어 산 지도 오래되었습니다
마모되고 훼손되며 허공에 날려버린 영혼도
먼저 진 느티나무 잎처럼 어딘가를 떠돌고 있겠지요
단단해진다고 깊어지는 건 아닙니다
나날이 전쟁터인 세상에서 어찌
깊어지기를 바라겠습니까
강물이 가을을 끼고 아래로 내려가는 강둑에 앉아
생각해보니 사려 깊을 때는 낮아질 때였습니다
강할 때는 겸허해질 때였습니다
이기려고만 하지 않고 질 때도 있다는 걸

받아들일 때였습니다
내 정신의 일부가 마모되곤 하던 순간은
비난과 혐오의 화살에 맞아 고통스럽던 날보다
스스로 격해지고 사나워질 때였습니다
세상이 나를 오해하였다고 부르르 떨었지만
내가 나를 오해한 시간이 더 길었습니다
폭우 속에서 처절하게 거부하던 시간이 지나고
고통의 허리를 들어 올리던
눈물 이후의 시간에
나무는 성숙합니다
폭설에 어깨뼈가 부러지는 날을 견디고 난 뒤
희미한 겨울 햇살 번지는 하늘을 올려다보는
얼어붙은 오후에
사려 깊고 중후한 목질이 나이테를 늘려가곤 합니다
가끔은 멀리서 내려다보고 계시는지요
별보다 먼 나라에서도 보이시는지요
무엇 하나 내세울 게 없는 내게도
가을이 찾아와
햇살이 들판 위에서 하고 있는 일들을

찬찬히 바라보게 합니다
꽃 피우는 일에 온 힘을 쏟고 난 뒤
바람에 하루의 남은 시간을 맡기고 흔들리는
구절초꽃 옆에 잠시 앉아 있게 합니다
선생님 가을이 깊어갑니다
선생님 계신 그곳도 곳곳이 가을인지요

가을 나무

받아들이기 힘든 날
가을 나무 있는 데까지 걸어갔다 온다
오랫동안 이기다가 마지막에 진 날
긴 침묵 속에서 창밖을 바라보는 날
심혈을 기울인 작업인데 끝내
인정받지 못하고 말았다는 걸
인정해야 하는 날
조명을 다시 켜기까지
많은 시간이 걸릴 것임을 알고 있는 날
그 긴 날들 동안 부채는 쌓이고
등 돌린 뒷모습을
오래 바라보고 있는 게 많이 힘든 날
가을 나무까지 걸어갔다 온다
먼저 진 잎들은 조용하다
나무에 매달려 안간힘 쓰며
바람과 실랑이를 벌이는 잎들은 소란하지만
언젠가는 내려놓아야 한다는 걸
나무는 안다
바닥으로 떨어진 잎들은 어찌해야 할까

그런 불안은 시간에게 주면 된다
나무는 지금부터 마지막까지를
가만히 받아들인다
나무가 지닌 미덕은
자신에게 오는 모든 순간순간을
받아들일 줄 안다는 것이다
그래서 여전히 살아 있다는 것이다
힘든 날
가을 나무 있는 데까지 걸어갔다 온다

고마운 일 2

아직도 할 일이 있다는 것
어려울 때마다 상의할 사람 있다는 것

아직도 마음이 뜨겁다는 것
간절할 때마다 달려갈 곳 있다는 것

아직도 별을 우러러본다는 것
외로울 때마다 바라볼 곳 있다는 것

숲을 떠나온 지 오래되었다

아침 새들이 분주히 날아간다
빌딩과 빌딩 사이 어느 곳에
부디 지난밤 몸 가릴 추녀 있었으리라 믿으며
새들의 날갯짓을 올려다본다
도심으로 옮겨 심은 나무들도
아스콘 밑으로 벋어 내린 뿌리의 근육을
꿈틀거리며 몸을 풀고 있으리라
빠르게 철교를 지나가는 전철
강물을 가로지른 대교 위를 건너는 버스
꼬리를 물고 진입하는 차량들을 내려다보며
강가의 빌딩들이 허연 입김을 내쉬고 있다
나도 도시로 옮겨 온 지 오래되었다
새벽에 출근하는 인파에 섞여
신호를 기다리는 우리를
흐릿한 아침 해가 내려다보고 있다
이 도시의 먼지와 먼지의 미세한 우울로
해는 요즘 안색이 좋지 않다
제 그림자를 강물에 흔들어 씻으며
근심이 많으리라

산맥을 밟고 오르며 하루를 헌걸차게 시작하거나
섬들 사이에서 아침 배를 밀어 보내며
찬란한 물결과 함께 하루를 시작하던 날을 생각하면
우리가 세운 이 도시를 내려다보는 일이 불편하리라
불안한 이들이 모여 만든 불안정한 도시
직선으로 이루어진 공간 안에 칡넝쿨처럼 얽힌 갈망들과
끓는 물처럼 달아오르는 욕구들이 온종일 충돌하며
다투고 혐오하고 음해하는 동안
하루의 많은 시간이 분노와 상처로 채워지는 걸 알면서도
서둘러 시내버스에 몸을 싣는 사람들
새벽하늘에 아직 지지 않은 하현달
하얗게 빛나는 그 얼굴에 잠시 위로를 받다가는
어제도 끝내지 못한 갈등으로 눈을 감는 시간
차창 밖으로 날아가는 한 무리 새떼의 군무에
잠시 기운을 차려보려다
어떻게 올무에서 벗어날까 생각하며 고개를 꺾는 시간
우리는 숲을 떠나온 지 오래되었다
언제 돌아갈지 알 수도 없다
고해의 사막을 언제 벗어날 수 있을지

정해진 날짜가 있어 하루하루 지워간다면
얼마나 좋을까
사막의 시간을 지나가는 동안
상처받고 쓰러지기를 바라며 주위를 맴도는 짐승들
발버둥 칠수록 올무가 살을 파고드는 고통으로
포기하고 주저앉기를 바라는 눈길들 속에서
하루를 잘 살아내는 일이
가장 큰 복수라고 위로하며
일정표의 숫자에 밑줄을 긋는다

결실

결실이라는 말을 나는 함부로 쓰지 않는다
충만이라는 말의 무게와
그것이 만들어내는 빛깔과 향기에
감사해하지만 그건 내가 만든 게 아니다
사람들은 내 몸의 터질 듯한 과육에 주목하지만
여기까지 함께 온 나뭇잎들을
나는 더 애틋하게 바라본다
내 몸 안쪽에도 내상의 흔적이 많지만
태풍에 찢긴 잎은 상처가 더 깊어졌고
나 대신 벌레에게 살을 내준 잎은
몸 한쪽이 허물어졌다
내게 물방울을 몰아주고 난 뒤 바싹 마른 잎과
깊은 멍이 든 잎 들이
여기까지 함께 왔다
그들 없이 나 혼자 왔다면
팔월의 칼끝 같은 시간을 넘지 못했으리라
어려서부터 지금까지 내 몸을 붙잡아준
꼭지의 헌신이 없었다면
나는 노랗게 익어가는 시간까지 오지 못했으리라

이들과 함께 왔다

나는 나무의 일부이지 전부가 아니다

매화나무

아버지는 마당에 있는 매화나무를 만져보라 하셨다*
나무둥치는 밋밋하고 건조했다
아버지는 차고 맑은 매화꽃을 좋아하셨지만
꽃 피어 있는 날은 며칠 되지 않았다
매화나무도 대부분의 날을 꽃 없이 지냈다
특별할 게 없는 하루를 잘 사는 게 중요했다
평범한 일상을 반짝거리게 만드는 건 쉽지 않지만
밋밋한 하루하루가 인생의 대부분을 차지한다는 것
촉촉한 날보다 건조한 날이 더 많지만
그런 날들도 소중하다는 것
그걸 알아야 한다는 것이었을까
아버지는 더 말씀이 없으셨다

돌아가시던 날도 매분에 물을 주라 하셨다
치지(致知)에 이르기는커녕 격물(格物)도 깨치지 못했
으니
사는 동안 매화나무라도 잘 지켜보라는 말씀 같았다

섣달 초여드레 늦은 오후 바람이 차고 칼칼했다

재구름 사이로 크고 하얀 해가 조용히 내려다보다가
구름에 지워졌다
곧 눈발이라도 칠 듯한 날이었다

* 살아 계실 때 아들에게 이 말씀을 하신 퇴계 선생은 70세가 되던
  1570년 경오년 12월 8일 유시에 돌아가셨다.

촛불 네개

마지막 몇개의 계단을 너무 힘겹게 걸어 내려오시기에
손잡아드렸더니
성모상 발밑에
작은 유리잔에 든 초 두개를 꺼내놓으신다
불을 붙이려는 오른손이 많이 떨리기에
촛불을 붙여드렸더니
주머니에서 초 두개를 더 꺼내신다
할머니 왜 이렇게 촛불을 많이 붙이세요 물었더니
애들이 넷이야 그러신다
노란빛이 많이 초췌해진 국화가 귀를 쫑긋하며
그 말을 듣는다

대림(待臨)

밤새 겨울비 내리고 있습니다
화선지에 먹이 스미듯 사방을 둘러싼 어둠은 비에 젖다가
유리창에 와 녹아내리는데
서재에는 보랏빛 초가 타고 있습니다
초가 다 타서 엷은 빛으로 몸 바꾸며
여린 분홍이 될 때까지
당신을 기다리는 대림의 시간입니다
어제는 아침 점심도 굶은 아버지와 열두살 아들이 함께
우유 두 팩과 사과 몇개를 훔치다 붙잡혔습니다
눈물 뚝뚝 흘리는 병든 아버지를
경찰관이 식당으로 데려가 국밥을 사주었습니다
지나가다 이 모습 지켜보던 이웃이
이십만원이 든 돈봉투를
식탁에 놓고 갔습니다
아들이 돌려주려고 봉투 들고 쫓아갔지만
그냥 가져가라며 뛰어갔습니다
집에는 늙은 어머니와 일곱살 아들도 있다는데
요즘 세상에 밥 굶는 사람이 어디 있어 하면서
경찰관은 눈물 글썽였는데

그걸 지켜보던 나도 눈물이 났습니다
당신도 그 식당 근처에 계셨는지요
기다림의 초가 다 타면
다시 뉘우침의 초에 불을 붙이고
회개의 촛불을
눈물의 초
사랑과 연민의 초에 나누어 불붙이는 동안
촛불이 몸을 숙여 자기들끼리 속삭이는 말에
귀를 기울입니다
당신도 겨울비에 젖으며 저희에게 오십니까
여러날을 굶어 핼쑥해진 어린 아들을 지켜보는
병든 아버지의 낡고 침침한 방에도 오십니까
저녁이 오는 하늘을 말없이 올려다보는 퀭한 노모의
부스스한 회색 머리칼 옆에도 오십니까
당신의 옷자락에서 시작한 미세한 바람에
지금 촛불이 흔들리는 것입니까
오늘 밤도 당신 어머님은
이 세상에 당신이 오실 곳을 찾지 못해
불 꺼진 낡은 집 주위를 서성이고 있습니까

눈발 치는 빈 농막 안을 기웃거리고 있습니까
때론 공연히 크고 높던 내 목소리를
이 밤 촛불 옆에 내려놓습니다
깊이 고개 숙이고 오래 눈을 감습니다

법고

저녁 법고 소리 들린다
내 안의 짐승 한마리
귀 세워 그 소리 듣는다

지난 사나흘은 너무 거칠었다
밖에는 한자가웃 눈이 쌓였다

백색 감옥

그날은 작심한 듯 눈이 내렸다
지상에서 일어나는 일을 좇아다니느라
몸이 비대해진 새처럼 뒤뚱거리는 나를
하늘에서 오래 지켜보았을 것이다
날개를 접는 날이 많아진다는 것은
생의 절반을 포기한다는 것이니
더이상 두고 볼 수 없다는 경고였으리라
내가 일어나기 전부터 내리던 눈은
꽃집 유리창을 덮고 간판의 받침들을 흐리게 하더니
앞서간 사람들의 발자국을 바로바로 지워버렸다
북서풍이 반군처럼 도시를 점령해나가자
거리를 지키던 나무들은 일제히 입을 닫았고
쓸쓸한 골목들은 더욱 황량해졌다
늦가을부터였다
산은 불타는 잎들로 능선을 덮으며
내가 멈추기를 바랐으나
나뭇잎의 뜨거운 순간을 바라볼 시간이 없었다
반핵운동으로 평화상을 받은 부부와 식사를 하다
중간에 일어서기도 하고

시 한편을 절반까지 읽다가
급히 불려 나가는 날이 허다했다
약속을 취소하면서 신뢰가 무너지는 날이 생겼고
산이 우리에게 준 선물들을 낙엽으로 바꾸어
가을비로 쓸어버려도 여전히 분주했다
창밖의 세상을 온통 하얗게 지워도
창 안에서는 어제 하던 일을 되풀이하고
열차를 타고 설원을 지나가면서도
서류만 뒤적거리는 하루하루를
용서할 수 없었으리라
그날은 달리는 열차를 멈춰 세울 듯 눈이 쏟아졌다
뜯지 않은 봉투들이 무릎까지 올라오고
듣지 않은 음반 위에 먼지가 쌓이는 삶에서
돌아오라고
돌아와야 한다고 질책하는 소리가 들렸다
대림절을 기다리는 보랏빛 초들이 나란히 서서
나를 말없이 바라보고 있었다
달려가지 않고도 어떻게 나무들은 깊어지는지
너는 어디서 네 표정을 잃었는지

네가 좋아했던 음표들이
왜 네 주위를 오래 서성이는지
사랑은 왜 찬찬히 들여다보는 동안 생기는지
알지 않느냐고
그날 진종일 내린 눈이
백색의 찬란한 감옥을 만들어 나를 가두었다

이단

크리스마스 즈음 역촌시장 열린선원에서
예수님 오신 날 축하 법회가 열렸고
'예수보살과 육바라밀'이란 설교가 있었다

육바라밀 수행에서 보시(布施)가 제일 먼저인데
예수는 조건 없이 나누어주라 했으니 재시(財施)요
진리를 설하여 선한 뿌리가 자라게 했으니 법시(法施)요
두려워하지 말라 하였으니 무외시(無畏施)라
계명을 지키고 어기지 않았을 뿐 아니라
계명을 긍정하고 실천하게 하였으니 지계(持戒)한 것이며
온갖 모욕과 배신을 이겨내고 역경을 참아냈으며
순경(順境)에도 유혹에 빠지지 않도록 가르쳤다
성내지 아니하고 온유한 것이 사랑이니
인욕(忍辱) 중에 유순인(柔順忍)에 이르러야
사랑이라 가르친 것이다
순일하고 물들지 않는 마음으로 깨어 기도하라
잠들지 말라 그분이 온다 하며 정진(精進)하길 요구했고
광야에서 사십일 홀로 기도하며
망념과 삿된 생각과 헛된 마음과 분별지를 버려

선정(禪定)에 들었으니
다섯가지 바라밀을 행한 것이며
천상과 지상
사람과 하느님
죽음과 영원한 삶의 이치 밝게 꿰뚫어보는
깊은 지혜 만났으니 반야(般若)에 이른 것 아닌가
그 말씀 기록한 경전이 문자반야(文字般若) 아닌가
예수야말로 육바라밀을 실천한 보살이다

이렇게 설법한 교수는 목회자를 양성하는 대학에서
해직된 채 찬 바람 부는 거리를 헤매고 다녔는데
교단 이단대책위원회에서 이단 혐의를 벗기까지
몇년을 더 기다려야 했다

가난한 절

우리 절은 가난해요
교구본사 마흔개 절 중에 제일 가난해요
난 어려서부터 탁발해서 먹고살았어요
불사 크게 하는 거 좋아하지 않아요
다만 큰스님 많이 나셨지요
그거 하나가 자랑이지요
산강수약(山强水弱)해서 사는 데 어려움은 많지만
이 나라 선맥(禪脈)이 여기서 큰 물줄기 되어 흐르지요

그 절 비자나무는 이렇게 말씀하시는
큰스님이 얼마나 자랑스러울까

밤바람

큰비 지나고
구름 사이로 젖지 않은 별 몇개

밤바람 몰아치는 험한 세상에
별 같은 네가 있어 보잘것없는 내가 산다
꽃 같은 네가 있어 외로운 내가 산다

사랑

네 사랑에도 연둣빛 봄이 있고
무성한 여름이 있을 것이다
연분홍 꽃그늘 출렁이며
순간순간 설레는 선율이 너를 따라다니고
사랑이 작고 빨간 열매를
네 가슴에 보석처럼 달아주는 아침이 있을 것이다

푸른 잎들이 가슴 벅차게 나부끼는 숲길을 걸어
사랑이 자욱한 수풀 사이를 손잡고 가는 동안
환희는 날갯짓하며 새처럼 날아오르고
생은 약동하는 기운으로 나무둥치처럼 뿌듯하게 자라올라
네가 소유한 영지 전부가
충만함으로 가득 차는 날이 올 것이다

그리고 가을이 올 것이다
네 사랑도 어김없이 가을을 지나가게 될 것이다
열매가 없는 것은 아니나
열정은 절정에서 단풍으로 바뀌고
사랑으로 출렁이던 잎들이 지는 걸

속절없이 지켜보아야 하는 저녁이 올 것이다

가을은 거기서 끝나지 않고
모질게 빙판으로 이어지며
찬 바람 몰아치는 고개 아래 너 혼자 있게 될지 모른다
어디서부터 잘못된 건지 생각하는 동안 눈발은 쏟아지고
발등에 떨어지는 겨울비 피할 길 없고
빗속에서 너는 네 사랑으로 뼈저리게 아플 것이다

거기까지가 사랑이다
봄에서 겨울까지
사랑은 너를 데리고
그 계절들을 다 지나가게 될 것이다

제 3 부

새해

눈발이 몇개씩 흩날리다 그치는 새해 첫날
묵언으로 하루를 보내자
촛불 하나가 타들어가는 걸 고요히 지켜보자
올해는 해돋이 보러 바닷가로 달려가지 말고
다른 날보다 조금 일찍 일어나
새벽의 적요한 얼굴빛과 대면한 채 한시간만
고요히 앉아 있어보자
가지가 가는 나무들도 설한풍 잘 견디고
지난봄에 옮겨 심은 나무들도 뿌리 잘 내리는데
나는 낯선 상황에서 자주 균형을 잃곤 했다
부유하는 날이 많았다
노여움이 커지는 건 허약해지고 있다는 것
서운한 게 많다는 건 너그러움이 줄고 있다는 것
분노가 자주 튀어나오는 건 두려움이 많아졌다는 것
오늘은 다시 겨울나무 사이에 서보자
그동안 분에 넘치게 받은 게 많지 않은가
아직도 감사해야 할 일이 더 많지 않은가
아무 잘못도 없는 나무들이 벌 받고 서서 견디는 겨울
눈 속의 새들을 바라보던 안타까운 눈길은 어디로 갔는가

겨울 동백을 바라보던 연민은 어디로 갔는가
가만히 두 손으로 마음을 감싸고 있자
격한 소리가 밖으로 나오지 않도록 다독이자
새해에도 어려운 순간이 기다리고 있을 것이다
눈보라 몰아치는 자드락길을 걸어야 하는 날 있으리라
꽃 피었다 순식간에 낙화로 흩어지는 날 있으리라
오해의 화살이 맨살에 날아와 꽂히거나
비난의 칼날에 베여 비통해하는 저녁도 있으리라
길이 시작되는 곳에 서서 흙먼지 먼저 덮어쓰기도 하리라
그때마다 부디 나무들처럼 잘 견디기를
그때마다 내일 아침이면 괜찮아질 거라고 위로하기를
두려운 밤이 고요한 새벽으로 이어지기를 기원하자

콩떡

호되게 추운 날이 계속되면 산짐승들도 바깥출입을 않고 우거에서 웅크리고 견딘다 소한에서 대한까지 이어지던 맹추위가 대한 다음 날부터 풀리자 누군가 휴휴암 텃밭 근처 돌 위에 콩떡을 얹어놓았다 이틀째 밤을 지새운 콩떡이 오종종하게 앉아 있는 돌 옆을 지나가며 "오래 굶어서 배가 마이 고플 낀데……" 하는 소리가 들린다

로잔

당신을 온전히 못 보고
옆모습만 보다 갑니다
호수의 도저한 자태는 다 못 보고
물결만 보다 갑니다
수면 위에 흩어진 햇살 조각만 건드리다 갑니다
당신의 새벽은
고요하고 차분했습니다
아직 불이 꺼지지 않은 창 안의
아늑한 빛깔 속으로는 못 들어가고
창에 막 내려와 앉는 빗방울만 보다 갑니다
사람은 다 알지 못할 때가 좋습니다
알기 시작하고 얼마 되지 않은 때의
채워지지 않은 시간을 배회할 때가 좋습니다
당신을 지탱하고 있는 품격의
짙은 코발트빛이 지닌 무게를 기억하겠습니다
이면까지 들어가지 않았을 때가 좋습니다
약간은 두려워지는 숲의 초입이 좋습니다
마지막 페이지까지 다 들추고 난 뒤의
진부하고 무료해지는 시간을

우리는 여러번 지나왔습니다
알지 못한 부분이 많이 남아 있는 당신을
당신의 나머지 부분을 가슴에 안고
당신을 떠납니다
당신의 흐린 데까지도 그대로 남겨두고
늦게 떠나는 열차를 탑니다
아침부터 오후까지의 시간을 벌판처럼 펼쳐놓고
여러번 그 위를 오가는 일이
지루하지 않았습니다
옆모습이 참한 당신을 바라보는
이 각도의 한 끝에 나를 세워두고
그 길로 나는 길게 이어지며 떠납니다
당신을 다 알려 하지 않겠습니다
다 알지 못할 때의 사랑이
설레는 사랑이기 때문입니다
우리는 그동안 너무 많은 걸 알려 했습니다
우리는 그동안 너무 많은 걸 보려 했습니다
지나온 사랑의 실패들도
그 과도함에서 시작했습니다

다 알지 못하는 모습 그대로 거기 있어주길 바랍니다
로잔, 눈발 속에 흐려지는 로잔

속유(俗儒)

읍내에는 겨울비 내렸으나
산기슭에는 눈이 온다 하여
물 끓여 약차 달이며 온종일 칩거하였습니다
선생은 속유가 되지 말라 하셨습니다
학문을 하되 선대의 문장에 갇히거나
서책 안에서만 세상 이치를 구하는 이도
속된 선비에서 벗어나지 못한다 하셨지요
선생의 말씀대로 백성들 속으로 들어가
그들의 통곡과 고락을 함께하는 날들이 많았습니다
전란 병화에서 나라를 지키고
진흙 구덩이에 빠진 이들과
숯불에 덴 듯 고통스러워하는 이들을 건져내고
재용(財用)을 넉넉히 하는 일에 진력하는 것이
선비가 가야 하는 길이라 하셨습니다
전란에서 나라를 구하는 일은 성과가 있었으나
백성들은 오늘도 편안하지 않으며
이용후생(利用厚生)은 여전히 어렵습니다
역병을 물리치고 수명을 늘리는 일도 진전이 있었으나
자진하는 이들이 날로 늘어나

명탁(命濁)의 악업에서 벗어나지 못하고
그릇된 견해로 어지러운 소리가 하늘을 찌릅니다
속세에 나오지 않고 경서를 읽으며 글공부하는 동문들은
시문을 지으며 자적한 날을 보내고 있습니다
여전히 새와 물고기와 꽃의 말을 알아들으려 하고
바람의 언어에 주석을 다는 일을 하는 그들을
선생은 속된 선비라 하셨으나
성정이 남루해지는 건 오히려 제가 아닌가 싶습니다
하는 일이 힘에 부쳐 정신의 균형을 잃고
벼랑 끝으로 몰릴 때마다 날카로워지며
경세치용(經世致用)은 곳곳에서 저항에 직면하곤 하니
공부가 많이 부족한 게 아닌가 싶습니다
찬 바람 불고 높은 산에 눈발이 날리는 겨울밤
선생께 긴 편지를 씁니다

심고(心告)

무엇 하다 왔는고?
시 쓰다 왔습니다
시 쓰다 말고 정치는 왜 했노?
세상을 바꾸고 싶었습니다
그래, 세상은 좀 바꾸었나?
마당만 좀 쓸다 온 것 같습니다
깨끗해졌다 싶으면
흙바람 쓰레기 다시 몰려오곤 했습니다
수천년 동안 당신께서 못 바꾼 세상을
저희가 십여년에 어찌 바꾸겠습니까
세상일에 왜 간섭하고 싶어 했노?
혹한이 깊어지면 봄 햇살로 간섭하고 싶어 하시듯
땅이 메마르고 갈라지면 빗줄기 보내
세상일에 개입하고 싶어 하시듯
저도 그리하였을 뿐입니다
애썼다, 가서 꽃밭에 물이나 주거라
제 영혼의 꽃밭에 물 주어도 될까요?
겉넘는 소리 그만하고 시키는 대로 해라
말도 좀 줄이고

할 말을 해야 할 때
제대로 못하고
잡다한 말만 많았던 것 같습니다
알았으면 됐다
나머지 날들을 당신께 맡기겠습니다
하고 싶은 대로 해라
언제 네가 내 말 들었더냐

오후

낡아빠진 책장을 열었다 닫는 것 같은 업무가
또 지루하게 이어지는
월요일 오후

알로카시아 연둣빛 새잎은 맑은 몸을 내민다

같은 시간에 나갔다 같은 골목을 걸어 돌아오는 일이
십년 넘게 반복되는
생의 언덕에

아기 동백은 피어 빨간 입술을 오물거린다

물살을 가르며 파도에 젖은 채 대양으로 나가지 못하고
항구에 묶인 배처럼
녹슬어가는 나이에도

백양나무는 힘겨운 중년을 건너며 나이테를 늘리고

도전하고 깨지고 다시 새로운 일을 시작하기엔

많이 늦었다는 생각을 하며
시린 하늘 올려다보는 날

새들은 바람을 거슬러 오르며 아름다운 풍경이 된다

폭설

눈이 얼마나 쏟아지는지
강 건너는 지워져 보이지 않았다
영업 제한 시간인 아홉시가 지나서인지
네거리를 건너려고 서 있는 몇몇 외엔
거리에 눈발과 어둠만이 가득했는데
버스 정류장에 그들이 있었다
적막 속에서
간절히 입을 맞추고 있었다
천사백명이 넘는 사람이 전염병으로 죽었고
지구도 여러해째 몸살을 앓고 있는데
이 한쌍의 사랑의 몸살은
더 뜨거웠으면 좋겠다
눈발은 입술을 피해
가로등 쪽으로 비껴가고
버스는 늦게 오면 좋겠다

입동

창문에 부딪치는 가을 빗소리 소란하다
남아 있는 잎들에겐 모진 밤이 되리라
거칠고 사나운 곳으로 몰려다니던 이들도
거칠고 사나운 것은 바람에게 맡겨두고
오늘 같은 밤에는
적막 가운데 자신을 놓아두면 어떨까
하루 종일 비 내려 가을 가고
하루 종일 바람 불어 겨울 오는 날
들끓는 것들 하룻밤만 허공에 걸어두고
빗소리의 처연한 음성에 귀를 맡기면 어떨까

겨울나무

된바람에 모질게 시달리다
눈발과 함께 바람이 산을 넘어간 뒤
천천히 숨 고르고 있는 나무를 올려다보자
겨울나무는 나를 내려보며 말했다
바람을 이기려는 건 무모한 일이죠
바람이 사나울 땐 바람에 몸을 맡겨요
꽃 피는 시절에는 허영에 들뜨지 않고
푸른 잎 무성할 땐 겉넘지 않고
열매가 찾아올 땐 자신에게 충실할 줄 알면
찬 바람 몰아칠 때 비굴하지 않다고
가지에 쌓인 눈을 털어내며 나무가 일러주었다
황홀하게 물든 잎들 허공에 날려 보낼 때나
폭설이 몰아쳐 온몸 오그라드는 날에도
세상을 있는 그대로 볼 줄 아는 게 실력이라고
폭우 쏟아질 때부터 눈발 날릴 때까지
하루하루를 견딜 줄 아는 힘이 실력이라고
그걸 감당할 수 있어야
큰 나무 되는 거라고
겨울나무는 침묵의 장엄한 언어로 말을 건넨다

웅웅거리던 신음 소리도 멎고
산발치에서 산마루까지 고요해졌다

철쭉꽃

철쭉꽃이 아침에 마시는 바람을
나도 마신다

철쭉꽃을 흔드는 바람에
나도 나부낀다

흔들린다는 건
살아 있다는 것이다

사월에서 오월로 넘어가는
바람 좋은 날

이른 봄

죽은 나뭇잎 사이로 상사화 초록 잎이 올라오고
돌 틈 사이로 냉이가 잎을 올려 보내
얇은 손가락으로 바람의 온도를 만져보는 초저녁
혹한의 시간을 단 한순간도 피한 적 없는
조릿대 잎들이
산비탈로 푸른 세력을 넓혀가는
이른 봄

시련은 인내를 낳고
인내는 끈기를 낳고
끈기는 희망을 낳는다는
로마서 5장 말씀을
저 잎들은 언제 읽었을까
누가 눈보라 속에서
저 잎들에게 읽어주었을까

초봄

지난해 내게 왔던 매화꽃이 다시 왔다
엄혹한 날들을 얼마나 치열하게 지나왔는지
알고 있는 바람이
꽃잎 위에 앉아 희디흰 이야기를 주고받는다
목을 젖히며 웃고 등을 가볍게 때리기도 하는
그들의 대화는 출렁거린다
조릿대 이파리마다 맑은 햇살이 내려와
이파리를 투명하게 닦고 있다
댓잎이 푸른 힘을 잃지 않도록 간섭하는 햇살이
내 어깨 위에도 앉았다 가는 걸 나는 안다
봄꽃들이 맑은 빛깔을 지니도록 격려하는 바람이
내게도 들락거리는 걸 나는 안다
내가 예상치 못했던 모험에 나서게 하고
나보다 지혜로운 많은 이들을 만나게 하고
서툴고 경솔하여 위험에 빠질 때
파탄에 이르지 않도록 붙잡아준 것이
그 햇살 아닐까 싶다
미리 계획을 세우지 않았는데도
많은 경험을 하게 해주고

나쁘지 않은 결말이 있는 곳으로 이끌어준 것이

그 바람 아닐까 싶다

사막을 지난다 싶으면 동반자를 보내주고

패배의 날이 지속된다 싶으면

벌판 끝에 풀꽃들이 기다리고 있게 해주는 이

거칠고 사나운 것들과 맞서는 동안에도

영혼 안에 맑은 기운이 사라지지 않도록 도와주는 이

그이가 햇살과 바람을 보내시는 게 아닐까 싶다

참혹한 순간이 와도 나는 하늘을 올려다본다

비참해진 날에도 오물을 씻어내며

내게 오던 햇살과 바람을 생각한다

지난해 왔던 매화꽃이 나를 향해

진군해오는 이유를 나는 안다

밝고 얇은 봄볕이 댓잎에 앉아 햇살 대패로

그 잎을 환하게 문지르고 있는 이유를 나는 안다

편지

떨어진 꽃잎 위에 편지를 써서
물결에 실어 보낸다
슬퍼하고 있는 그대여
지난날 그대는
사람만이 희망이라고 말했다
희망의 근원도 사람이고
절망의 근원도 사람이다
세상은 그대가 생각한 대로 흘러가기보다
그대의 신념과 다른 곳으로 몰려갈 때가 많다
억울해하지도 어이없어하지도 마라
세상은 본래 네 편이 아니다
사람들도 저마다 자기편일 뿐이다
네가 흐르는 물을 손에 움켜잡고
그것을 네 것이라 했는지 모른다
실망한 사람들 속으로 걸어가라
거기서 절망을 만나
절망과 악수하고
절망과 밥 먹고
절망과 마을을 이루어라

그 마을에 정착하거든
나뭇잎에 편지 몇줄 써서 보내다오
그대가 쓸 편지의 첫 문장을
한평생 기다리겠다

고마운 일 1

목련이 다시 돌아와주어서 고맙다
어머니가 목련을 바라보는 동안
목련 위에 해사하게 내린 햇살이
어머니에게도 가득 내리고 있어서 고맙다
두 손을 모으는 동안
하느님이 가까운 곳에서 우리를
지켜보고 계신다는 건 얼마나 고마운 일인가
이 세상에서 가장 고마운 것은
존재 자체
거기 그렇게 계신다는 것만으로도
고마운 게 얼마나 많은지
잊고 지낼 때가 있다
걸어보려고 이제 막 발을 내딛는 어린 아기
밤이 되면 제일 먼저 우리를 보러 오는 샛별
손짓하면 언제든 달려오는 사랑하는 그대
더 찬연하게 빛나지 않아 서운할 때 있지만
더 갈망이 채워지지 않아 허기질 때 있지만

이 세상에서 가장 고마운 것은

존재 자체

거기 그렇게 계신다는 것만으로도

고마운 게 얼마나 많은지

어떤 꽃나무

이쁜 날들은 갔어

그래도 널 사랑해

네가

어떤 꽃나무였는지 아니까

꽃나무

성취 앞에서 저렇게 절제할 수 있을까
시련 앞에서 저렇게 겸허할 수 있을까

나무 가득 꽃 피워놓고
교만하지 않는 백매화처럼

단 한잎도 붙잡지 못하고 날려 보내면서
비통해하지 않는 산벚나무처럼

라일락

라일락은 왜 거기 있을까

사월이
간절하게 불러서
거기 있다

너는 왜 거기 있는가

좋은 나무

가지마다 굵은 열매를 매달아
주인이 흡족해하는 게
자랑인 나무가 있다
이른 봄부터
희고 수려한 꽃을 피우는 게
생의 기쁨인 나무도 있다
그런 나무들 사이에서
좋은 나무가 되는 일이 먼저라고 믿는
나무가 있다
작고 조촐한 꽃밖에 못 피웠지만
울퉁불퉁 못생긴 열매만을 키웠지만
향기 짙은 열매를 키웠다는
뿌듯함 하나로 사는 나무가 있다
잘난 나무는 아니지만
늘 좋은 나무가 되려고 애쓰는 나무
좋은 나무가 되는 일이 먼저라고 믿는
나무가 있다

제 4 부

사림(士林)

비가 오다 그친 뒤
상현달이 물 젖은 송편처럼 떠 있습니다
소서 지났는데 밤바람 소슬합니다
사림이 집권하면
꿈꾸던 세상이 오리라던 믿음을 어긋나게 한 건
선생을 따르던 사림이었습니다
척신을 물리치고
구체제에 안주하여 주구 노릇 하던 요신들 내몰면
도학을 펼치는 정치가 가능하리라 믿으셨지만
사(邪)와 정(正)으로 다시 서로를 구분하고
선명성의 칼날로 서로를 베고 다투니
서운함을 분한 마음으로 옮겨 분열을 거듭하며
무리를 지어 원수가 되는 동안
백성들은 세금을 감당하지 못해 마을을 떠나고 있습니다
군역을 하고 군포를 내는 건 여전히 힘없는 이들의 몫
십만 군사는커녕 일만 군사도 양성해내지 못했습니다
대동사회는 오지 않았고
왕도정치를 실천하는 군주가 되길 바랐던
임금은 전란을 겪으며 가장 무능하고 못난

왕으로 전락하고 말았습니다
수백년 적폐를 단 몇해에 바로잡는 게
얼마나 지난한 일인지
선생도 뼈저리게 느끼셨을 겁니다
실천으로 나라를 책임지고자 하던 선생도
어찌하지 못하는 구조적 모순
다 바로잡을 수 없던
구체제의 뼈대와
신체제의 미숙을
사림은 어디까지 들여다보았던 걸까요
오로지 격정만을 앞세우다 파탄에 이르렀다고
저는 믿고 싶지 않습니다
옳게 공부한 이들이 집권을 하고
수십년의 시간과 기회를 주었는데도
나라가 괴멸되다시피 한 까닭을
선생께 다시 묻고 싶은 이유는 다른 데 있습니다
하늘이 몇백년 만에 선생 같은 분을 내시고
사림이 전면에 나서 정치를 하였는데
어찌하여 나라는 가장 참혹하였는지

후학들은 어찌하여 뒤늦은 후회만을
징비(懲毖)의 언어로 뼈에 새겨 남기는지
어찌하여 똑똑하고 젊고 패기 있는 선비들이 집권한 뒤
나라가 그 지경이 되었는지

출항

태풍이 밤새 서해의 섬들을 훑고 지나갔다
어떤 집은 외벽이 떨어져 나가고
어떤 집은 지붕이 날아가 처참한 내면이 다 드러났다
가지 꺾인 나무가
뿌리 뽑힌 나무를 내려다보고 있다
결박된 밧줄 잘 풀어지지 않지만
다시 출항 준비를 해야 한다
비안개에 섞여 밀려오는 게 두려움인 걸 알지만
또 길을 떠나야 한다
키를 넘는 파도가 밀려왔다 가면
다시 밀려오고
사나운 빗줄기 몰아친 뒤 며칠 지나지 않아
또 태풍이 몰려오는 항해가 반복될 것이다
낯선 섬들을 만나고 오래된 도시들을 지나갈 것이다
이방인처럼 보이는 이들과 만나며
익숙지 않은 관습과
경계하는 시선들을 접하게 될 것이다
의심하는 이도 있고 미워하는 이도 많을 것이다
적국의 병사와 악수를 할 때도 있고

이교도들의 기도를 들어야 하는 날도 있을 것이다
그러나 그 길고 긴 여정의 충돌 속에서 지혜로워지고
생경한 경험들이 생을 더 풍요롭게 해주길 기원한다
무엇보다 낮엔 뜨겁고 밤엔 시린 바람 속에서
고양되는 어떤 것들이 정신의 일부가 되어주길 바란다
뱃전에서 미끄러지면 한순간에 죽음의 늪으로 떨어지듯
모든 시간이 목숨을 걸어야 하는 순간의 연속이지만
다시 또 생애를 걸고 떠나는 이 항해가
치열하고 절박한 생의 시간으로 축적되길 바란다
우리의 항해와 그 기록들이
새로운 세계를 설계하고
더 많은 상상을 하게 되는 출발이 되면 좋겠다
갈등의 등에 올라타 존재감을 드러내는 일보다
갈등을 푸는 게 실력임을 알게 되고
이견이 있고
차이가 있고
수시로 폭우가 쏟아져도
우리가 한배를 타고 간다는 것
조급해하지 말자는 것

모든 일을 다 해결할 전지전능한 지도는 없다는 것
우리도 부족하고 불완전하다는 것
그럼에도 유능하고 실력 있는 선장이 되어야 한다는 것
서로를 있는 그대로 인정해야 한다는 것을 기억하자
그래서 잘 나이 들어가는 뱃길이어야 한다는 것
겸허하게 늙은 모습으로
고향에 돌아와야 한다는 것을 잊지 말자

도시 장미

줄장미는 울타리에 피어 있다
울타리 밖은 뜨거운 포장도로다
차들이 쇳소리를 내며 달려갈 때마다
붉은 꽃송이들이 휘청거린다
찔레꽃은 강가에 피어 있다
도시 복판을 지나가는 혼탁한 물
퀴퀴한 냄새에 휩싸인 채
미미하게나마 제 향기를 지니고 있는 게 기특하다
도시의 일상에도 퀴퀴한 냄새가 난다
아무도 향기를 지니고 있으리라 여기지 않는데도
찔레처럼 피어 있어야 한다는 생각을 하는 날이 있다
이팝나무 덕에 도시가 화사해졌다고 말하는 이도
이팝나무가 지닌 자기연민에 대해 생각지 않는다
거리에 노출된 채 색이 바래는 도시의 꽃들
줄장미처럼 상처받은 채 사는 것들이 의외로 많다
빌딩 안에 갇혀 지내다
오늘도 스스로 목숨을 끊는 화초들이 있지만
거리로 불려 나온 나무들은 자진하기도 쉽지 않다
돌아갈 길이 없는 거라면

운명처럼 받아들여야 한다는 걸 알면서
별 없는 하늘을 올려다보는 도시 장미
생은 본래 뜻대로 되지 않는 게 더 많은 거라서
이렇게라도 살아야 한다고 다독이는 밤
하나씩 둘씩 불은 꺼지고
지친 몸으로 돌아눕는 밤
나도 도시로 불려 나와 산 지 오래되었다

칼

아잔 차 스님이 승려들에게 둘러싸인 채
사원 밖 대나무 평상에 앉아
나무 베는 큰 칼을 들어 보이며 말했다

자네들 그거 아는가?
이 칼로 금속을 내리치면 어떻게 되겠는가?
콘크리트를 베려 든다면
유리나 돌을 자르려 한다면
칼날은 어떻게 되겠는가?

우리 정신도 이 칼과 흡사하다 하면서*

정신도 그러한데
권력을 손에 쥔 이들은
그 칼로 무엇이든 다 베어버릴 수 있다고 믿기 쉽다
돌도 내리치고
쇠도 잘라버릴 수 있다고 믿고 싶을 것이다
절대 칼날에 이가 빠지거나
칼이 망가지는 일은 없을 거라고 믿고 싶을 것이다

* 비욘 나티코 린데블라드 『내가 틀릴 수도 있습니다』, 박미경 옮김, 다산초당 2022 참조.

충돌

마주 부딪친 열차라고 했다
두 나라 대표들 사이에 고성이 오가고
과격한 발언들이 생생하게 중계되었다
한쪽에선 절대 양보 못한다고 했고
다른 쪽에선 국제질서 파괴라고 했다
양제츠 대표는
손님을 이렇게 대접하느냐 따졌고
제이크 설리번 안보실장은
충돌을 원하지 않지만
원한다면 응할 마음이 있다고 했다
저녁 뉴스는 일제히
갈등으로 시작해
갈등으로 끝난 회담이라 보도했다
여기까지가 우리가 보고 들은 전부였다
그러나 양쪽이 한시간 충돌하고
아홉시간 더 대화한 건 몰랐다
군사적으로는 적대 요인이 존재하지만
무역과 금융에서는 협조하기로 했고
우주와 기술통제 부문에서는

경쟁한다는 걸 인정했다
경쟁과 협조와 적대가 병행되는 속에서
그들은 지속가능한 전략을 짜고 있었다
우리가 어디에 줄을 서야 할까
조바심치며 계산하는 동안

무너진 신전

아침 해 다시 떠오르는데
신의 날개는 어디 있는가
무너진 신전
부서져 뒹구는 대리석 사이로
신의 발자국 보이지 않는다
신의 음성을 전하던 바람은 어디로 갔는가
올리브나무에게 언덕을 맡겨놓고
세상이 갈수록 뜨거워지는 걸 방치하고
사나워지는 깃발들에 도시를 맡겨놓고
신은 어느 골짜기에 누워 있는가
시민들은 어제보다 더 가난해지고
이천삼백년 전보다 지혜롭지 않은데
하늘의 대부분을 오래된 구름에게 맡겨놓고
신은 왜 말씀이 없는 걸까
폐허를 응시하면서 잿더미 속에서
가야 할 길을 일러주는 신의 손을 보고 싶다
말의 등을 두드리며 다시 일으켜 세우고
먼지를 털어내며 굴러가는 마차 바퀴의
육중한 소리 듣고 싶다

아고라의 반석 위에서 지르는 함성
다시 민주주의라고 외치는 우렁찬 소리 듣고 싶다
활력을 잃은 새의 날개에 힘찬 곡선을 얹어주고
숲의 나무들이 초록의 박수를 치는 소리 듣고 싶다
여사제들의 얼굴에 빛나는 윤기가 흐르고
그들의 걸음걸이에 신의 손길이 스치는 걸 보고 싶다
극장에 등불이 켜지고 디오니소스 일행이 충혈된 눈으로
저녁 공연에 모인 사람들 사이에 섞여 있는 걸 보고 싶다
살아 있다는 건 무언가를 토론하는 자리
빈 술병 주둥이에 남아 있는 포도주의 붉은빛을 보고 싶다
무너진 신전 옆에서

그때

그때가 언제 오는지요?

그렇게 늦게 오기야 하겠어요?
곧 옵니까?
그렇게 빨리 오기야 하겠어요?

칠순의 종법사는 환하게 웃으시는데
기와지붕 끝에서 빗방울이
똑똑 떨어지고 있었다

연꽃

높은 산에서는 연꽃이 피지 않는다
연꽃은 낮은 곳에서 핀다

우리 너무 높은 곳에 있으면서
속으로는 연꽃 같기를 바라는 건 아닐까

흙물 튈까봐 조심조심 걸으면서
상식의 영역으로 많이 넘어와 있으면서

썩는 냄새도 물벌레도 불편해하면서
향기만 취하려는 건 아닐까

뜨거운 고독

뜨거운 날들을 지나가는 것도 고독한 일이다

여름 석달
폭염과 폭우를 고스란히 지나온 배롱나무는
이제 구월이 되었다는 걸 몸으로 알고 있을 것이다
사무치게 외롭지 않았다면
여름 내내 저토록 붉게 꽃 피우지 않았을 것이다

칠월

칠월은 나무가 맑은 기운을 수장고마다 담아두는 달

칠월은 열매가 빛을 저장하는 달*

능소화가 초록에 가려진 열망을 강렬한 색깔로 바꾸는 달

칠월은 연꽃이 진흙 속에서 두 손을 고요히 모으는 달

* 크리크족(아메리카 원주민)은 칠월을 이렇게 불렀다고 한다.

성탄의 밤

오늘 밤은
용서하지 않은 그 한 사람을
용서하는 밤

내게 깊은 상처를 준 사람을
적묵(寂默)으로 지우면서
고요해지는 밤

겨울 산

진정으로 아름다운 산은
겨울에 더 아름답다

아름다운 사람은
자기 생의 겨울에도 아름답다

새집

새들은 좋은 집에 살지 않는다

그러나
새들이 사는 곳은 좋은 곳이다

차를 기다리는 시간

지금과는 다른 시간이 오길 기다리자
지금과는 다른 시간이 오길 기다리면서
물이 끓는 걸 지켜보자
세상을 다스리는 일보다
화를 다스리는 일이 더 어려우니
놋쇠 주전자의 뚜껑을 열고
끓는 마음이 식기를 기다리자
뜨거운 시간보다는
따뜻한 시간이 폭이 넓으니
따뜻해졌을 때쯤
곡우 전에 딴 찻잎을 풀자
끓는 물과 우전이 만났다면
연두는 녹아 없어졌을 것이다
따뜻한 마음에 연둣빛 물이 드는 걸 지켜보면서
지금과는 다른 시간이 오길 기다리면서
조금만 침묵하자

처서

허공을 가득 채우던 매미 소리 끝을
부드럽게 감싸 쥐고
저녁 바람이 곡선을 그으며 내려왔다
배롱나무 잎들이 알아보고 손을 흔들자
일일이 악수를 나눈 뒤
바람은 천천히 나 있는 쪽으로 다가왔다
힘들지?
배롱나무 발목을 베고 누운 나를 내려다보다
손가락으로 머리칼을 쓸어주며 물었다
졸음이 쏟아지지?
연꽃잎 같은 손으로 볼을 쓰다듬으며
바람은 잠시 내게 다정했다
잠깐이라도 눈 좀 붙여
뜻대로 되지 않는 하루하루와 좌절 옆에
몇마디 말로 다가오는
명주천 같은 목소리
지치도록 일하며 사는 날들 옆에
다정하게 감싸주는 손길 하나 있기를
얼마나 갈망하는지

바람은 알고 있었다
우란분절 지나고 처서 가까워지자
햇살도 중년 여인처럼 수굿해진 초저녁

전세

살아보고 결정할 걸 그랬다
처음 보던 날 마음이 휘청하고 기울었다
산뜻하고 수려한 외모 훤칠한 키 때문에
투자해도 좋겠다는 생각이 들었다
한쪽 문을 열고 살짝 들여다본 안쪽 풍경은
막힌 데 없이 탁 트여 보기 좋았다
배경이 좋은 것도 마음에 들었다
도도한 물줄기가 흘러가고 있었고
멀리서 새들이 날아와 격조를 높여주었다
물 가운데 떠 있는 작은 모래섬은
여기 머물러도 좋겠다는 마침표처럼 보였다
그러나 살아보니 아니었다
여름에는 화로처럼 뜨거웠고
겨울에는 부채 바람 같은 게 강에서 몰려왔다
겉보기와 다르게 속은 좁고 불편한 데가 많았다
보기 좋은 배경도 발을 담글 수 있는 게 아니어서
위험하고 실속이 없었다
보기 좋다고 살기 좋은 게 아니었다
낮이고 밤이고 몰려오는 소음과 질주와

충돌을 피하기 위해 급정거를 반복하는 소리들로
창을 열어도 닫아도 잠을 이룰 수 없었다
살아보고 난 뒤에 결정할걸 하고 후회했다
갈수록 감당하기 어려운 비용이 드는 걸 알면서
몇가지 익숙함을 버리지 못해
습관처럼 오늘도 여기 머물러 산다
여차하면 떠난다는 생각을 하며
나간다는 생각을 수시로 하며
오늘도 여기 머물러 산다

적요

겨울나무들이 적요하게 서 있다
적적하고 고요하다는 이 말보다
겨울나무에 적합한 형용사가 있을까
겨울나무는 외롭지만
외로움 안쪽의 꼿꼿함과 개결함은 빛난다
고요하기 때문에
범접할 수 없는 어떤 게 있는 것이다
엄혹의 한가운데를 지나면서
엄살을 떨거나 실제보다 과장하지 않는다
겨울나무가 지닌 덕은 그런 것이다

겨울나무들이 담담하게 서 있다
평온하고 침착하다는 이 말보다
겨울나무에 적절한 헌사가 또 있을까
겨울나무는 차분하다
겨울나무는 침착하다
혹한의 날들이 많았지만
동요하지 않는 표정이
세상에 주는 가르침은 크다

겨울나무를 바라볼 때마다
나는 겨울나무 같은 한 사람을 떠올리곤 한다

전야

당신 계신 별에서도
이 작은 촛불이 보일까요
팔레스타인 베들레헴 예수 탄생 교회 마당에
어린아이와 엄마가 쪼그리고 앉아
울고 있는 그 앞의 가녀린 촛불
캄캄한 하늘 너머 거기서도 보일까요
사흘 동안 쏟아진 포탄으로
오백명이 넘는 민간인이 죽었습니다
이제 전쟁으로 죽은 이가 이만명이 넘습니다
촛불 몇개로 추모하기엔 너무 큰 고통이
난민촌 하늘을 덮고 있습니다
내일이 성탄 대축일인데
촛불 밖은 거대한 암흑입니다
폭격이 잠시 멈춘 사이 고요에 의지해 있는
구유 광장은 공포가 장악한 지 오래되었습니다
당신이 오시기 전 세상은 어둠이었습니다
당신이 빛으로 오신다는 걸 증거하기 위해
당신이 선택하신 목동들은
별이 인도하는 곳을 따라

거기까지 갈 수 있었습니다
그 별이 지금 포연과 죽음을 내려다보고 있는
그 별입니까
다른 민족들에게는 계시의 빛이며
당신 백성 이스라엘에게는 영광이라고
두 팔에 받아 안고 찬미하던
그 아기가 태어난 곳은 폐허가 되었습니다
내일 태어날 아기보다
오늘 죽어간 아이들이 더 많은 베들레헴에서
황금과 몰약과 유향을 기다리는 이는 없습니다
내일 태어날 아기는 마구간 구유보다 더 참혹한
무너진 건물 더미 사이에서 세상으로 와야 합니다
아이들이 감당하기엔
너무 잔혹한 시간이 지속되는 걸
당신도 보고 계십니까
칠흑 같은 세상에 빛으로 오신 당신
당신 계신 별에서도
이 작은 촛불이 보이십니까

한 시인이 꽃나무에게서 배운 것들

진은영

1. 방법론적 자연주의: 자연과의 대화

괴테는 인간을 '자연이 신과 나눈 최초의 대화'라고 보았다. '인간은 절반이 자연이고 절반이 신'이라는 말의 다른 표현이겠지만, 나는 '대화'라는 단어에 유난히 마음이 간다. 인간 존재가 두 부분으로 이루어져 있다는 뜻인 동시에 두 부분이 물과 기름처럼 절대 섞이지 않은 채로 있는 게 아니라는 뜻이기 때문이다. 두 사람이 각자 자기 의견만 계속 우기는 것을 대화라고 부르지는 않는다. 그렇다고 결과가 합의에 이르는 경우만을 대화라고 하지도 않는다. 대화는 두 사람이 합의나 일치에 이르지 못하는 순간에도 서로의 주고받음만으로 각자의 존재에 어떤 변화를 가져오게 한다. 그러니 우리가 자연이 신과 나눈 대화의 결과물이라면, 몸과

정신은 자연과 신으로 이분화된 것이 아니라 마치 맑은 물 한잔에 푸른 잉크 한방울이 떨어져 천천히 퍼지듯 뒤섞이는 그런 것이리라. 적어도 도종환 시인은 그렇게 믿는 것 같다. 그는 신성과 자연 모두와 대화하지만, 그의 시에서 둘은 구분되지 않는 존재로 나타난다. 아니, 하느님은 늘 자연을 통해 그에게 무언가 말씀하신다는 게 더 정확할 것이다.

그 전언을 시인은 이렇게 표현한다. "산은 불타는 잎들로 능선을 덮으며/내가 멈추기를 바랐으나/(…)/시 한편을 절반까지 읽다가/급히 불려 나가는 일이 허다했다"(「백색 감옥」). 자연은 시인에게 바라는 것을 한번만 말하지 않는다. 불타는 잎들이 전부 질 때도, 그뒤에도 멈추라고, 그리고 돌아오라고 계속 속삭인다.

> 가을비로 쓸어버려도 여전히 분주했다
> 창밖의 세상을 온통 하얗게 지워도
> 창 안에서는 어제 하던 일을 되풀이하고
> 열차를 타고 설원을 지나가면서도
> 서류만 뒤적거리는 하루하루를
> 용서할 수 없었으리라
> (…)
> 돌아오라고
> 돌아와야 한다고 질책하는 소리가 들렸다
> 대림절을 기다리는 보랏빛 초들이 나란히 서서

나를 말없이 바라보고 있었다
달려가지 않고도 어떻게 나무들은 깊어지는지
너는 어디서 네 표정을 잃었는지
──「백색 감옥」부분

산이 온갖 꽃과 잎 들로 불타도, 가을비가 폭설로 바뀌어도 하던 일을 되풀이하고, 열차를 타고 설원을 지나가면서도 서류만 들여다보는 하루하루를 용서할 수 없는 삶으로 느낀다니 놀랍다. 자연의 아름다움에 무심해진다는 게 아쉬울 수는 있지만, 그것을 질책할 만한 삶으로 여기는 것은 대단한 자연주의자가 아니고서는 하기 힘든 일이다. 그러나 그토록 돌아가고 싶고, 정말 돌아가야 한다면 돌아가면 그만 아닌가. 시에는 시인이 자연으로 돌아가는 것을 가로막는 어떤 절대적 이유도 나오지 않는다. 시인은 오히려 반문한다. "여전히 새와 물고기와 꽃의 말을 알아들으려 하고/바람의 언어에 주석을 다는 일을 하는 그들을/선생은 속된 선비라 하셨으나/성정이 남루해지는 건 오히려 제가 아닌가"(「속유(俗儒)」). 또한 시의 전경으로 나오는 것은 자연 앞에서 "너는 어디서 네 표정을 잃었는지" 자문하는 시인의 서글픈 얼굴이다. 그렇다면 어서 돌아가자!

그러나 시인은 돌아가지 않고 여전히 자연으로부터 먼 곳에서 서성인다. 왜일까? 그에게 자연으로의 귀의는 방법론적인 것이기 때문이다. 데카르트는 존재하는 모든 것을 의

심함으로써 확실성의 제일원리에 이르는 방법론적 회의를 수행했다. 이와 마찬가지로 끊임없이 자연을 호출하고 위대한 자연의 비유를 환기하는 일은 시인이 희망하는 것을 이룰 때까지 자신을 지키며 버티는 방법일 뿐이다.

2. 매화나무를 잘 지켜보라는 말씀

그렇다면 지금 시인은 어디에 있는가. 그가 있는 곳은 "원수와도 하루에 몇번씩 악수하고/나란히 회의장에 앉아 있는 날"로 가득 찬 곳이며, 그들과 논쟁을 벌이는 "악취가 진동하는 곳"(「풀잎의 기도」)이다. 또한 자연과 대화하거나 신에게 기도드리는 것이 불가능한 곳이다. 그런 장소에서는 누구도 버티기 힘들다. 그런데 이 버티기 힘든 곳에서 시인을 버티게 해주는 것은 강력한 정치적 신념도, 위대한 신앙심도 아니다. 시인 대신 기도하는 작은 풀잎 덕분이다. 그러니까 신념이 강하고 믿음이 깊은 존재는 우리가 아니라 자연이다. 이러한 깨달음은 시인이 언제나 풀과 들국화와 가을강과 겨울나무에게서 가장 소중한 배움을 구하도록 이끈다. 물론 시인은 자연에 의탁한 배움의 방식을 홀로 깨치지는 않았다. 「사의재(四宜齋)」 「매화나무」 「속유」 「사림(士林)」 등 조선의 선비들이 등장하는 시들을 보면 시인의 방법론적 자연주의가 유학의 전통에서 비롯되었음을 짐작할 수 있다.

아버지는 마당에 있는 매화나무를 만져보라 하셨다
나무둥치는 밋밋하고 건조했다
아버지는 차고 맑은 매화꽃을 좋아하셨지만
꽃 피어 있는 날은 며칠 되지 않았다
매화나무도 대부분의 날을 꽃 없이 지냈다
(…)

돌아가시던 날도 매분에 물을 주라 하셨다
치지(致知)에 이르기는커녕 격물(格物)도 깨치지 못했
으니
사는 동안 매화나무라도 잘 지켜보라는 말씀 같았다
　　　　　　　　　　　　　　　　　　　　—「매화나무」부분

　시의 화자는 퇴계 선생의 아들이다. 퇴계는 세상을 떠나
기 전, 평소 '매형(梅兄)'이라 부르며 친구처럼 아끼던 매화
화분을 잘 돌보라고 아들에게 이른다. 이 일화로부터 시인
은 특별히 '격물치지(格物致知)'라는 유학의 오래된 가르침
을 불러들인다. 자연을 잘 관찰하여(격물) 진정한 앎에 이
르라(치지)는 『대학』의 가르침에는 다양한 해석이 존재한
다. 가령 송나라의 유학자 주자는 시에 나오는 대로 격물을
거친 후에 치지에 이를 수 있다고 보았지만 명나라의 유학
자 왕양명은 달랐다. 젊은 시절 왕양명은 격물치지의 방법

을 실천해보고자 일주일 동안 대나무를 뚫어지게 바라보며 대나무의 이치를 깨치기 위해 애썼으나 결국 실패했다고 한다. 그후 왕양명은 사물 자체의 이치가 아니라 대나무나 들꽃, 깨진 기왓장에 감응하는 우리 마음의 힘을 잘 닦을 때 치지가 가능하다는 '치양지(致良知)'의 철학으로 나아갔다. 조선의 선비들이 두 유학자 중 어디로 기울어졌든 그들은 자연을 바라보며 진리를 구했다.

유학자들처럼 매화를 지켜보며 시인이 배운 것은 무엇인가. 시에서 이야기하듯 매화나무는 꽃이 피어 있는 날이 며칠 되지 않으며 대부분의 날을 꽃 없이 "밋밋하고 건조"하게 지낸다는 사실이다. 매화나무로부터의 배움은 「결실」에서도 중요하게 드러난다. 시인은 "결실이라는 말을 나는 함부로 쓰지 않는다"며 "나는 나무의 일부이지 전부가 아니다"라고 선언한다. 꽃이든 열매든 나무의 일부일 뿐이라는 깨달음은 고통스러운 장소에서 밋밋하고 건조한 시간을 온전히 살아내는 존재만이 진실로 살아 있는 것이라는 자각으로 이어지면서 모든 순간을 견딜 수 있게 만든다. 사실 영원히 피어 있는 꽃은 조화이며, 처음부터 열매로 있는 것은 가짜 열매이다. 우리가 꽃이 영원히 피어 있고 열매만 가득한 곳을 천국이라 부른다면, 천국은 조화와 플라스틱 열매로 가득한 가짜 식물원일 뿐이다.

나무에 밋밋하게 잎만 달린 시간이 없다면, 꽃이 지는 시간이 없다면, 열매는 없다. 리베카 솔닛이 말했듯이, 살았던

적이 없었기에 죽지도 않는 존재는 실망스럽다. 그것은 시인의 관심을 끌지 못한다. 살아 있는 숲은 시인의 말대로 언제나 "사랑으로 출렁이던 잎들이 지는 걸/속절없이 지켜보아야 하는 저녁"(「사랑」) 속에 서 있다가 "폭설에 어깨뼈가 부러지는 날을 견디고 난 뒤"(「가을 강」)에도 엄연히 살아 있는 나무들로 이루어져 있다.

3. 나무 앞에서 매일 기다리던 사람

추상적인 관념에 머물지 않고 현실에서 구체적인 사랑을 하는 사람은 모든 순간을 세세히 사는 일이 곧 사랑의 삶임을 안다. 이것 역시 시인이 몹시 불안하고 힘든 어느 날에 가을 나무가 있는 곳까지 걸어갔다 오면서 배운 미덕이다. 나무는 제자리에서 한 계절만 사는 것이 아니라 사계절을 다 산다. 여름이 뜨겁다고, 혹은 겨울이 너무 춥다고 철새처럼 이동하는 나무는 없다. 화산이 폭발하고 용암이 흘러넘쳐 모든 동물이 달아날 때도 나무는 남아 있다. 아무 데도 가지 못하는 이 식물적인 무력함에서 시인은 위대하고 성실한 수용 능력을 발견한다. "나무가 지닌 미덕은/자신에게 오는 모든 순간순간을/받아들일 줄 안다는 것이다"(「가을 나무」). 나무의 미덕을 깨닫게 되자 시인은 다른 존재들에게서도 비슷한 미덕을 발견할 수 있게 된다. 시인이 성당에서 만난 할머니도 나무를 닮았다. 노인은 나무처럼 성실하다. 그래서 촛불 하나 켜놓고 온갖 소원을 다 빌어보는 욕심 따위는 부리지 않는다.

> 불을 붙이려는 오른손이 많이 떨리기에
> 촛불을 붙여드렸더니
> 주머니에서 초 두개를 더 꺼내신다
> 할머니 왜 이렇게 촛불을 많이 붙이세요 물었더니
> 애들이 넷이야 그러신다
> 노란빛이 많이 초췌해진 국화가 귀를 쫑긋하며
> 그 말을 듣는다
>
> ──「촛불 네개」부분

소원을 빌고 기도하는 방식이 이토록 구체적이고 생생할 수 있을까. 추상적으로 퉁치는 일 없이 아이 하나마다 촛불 하나다. 할머니는 그 촛불 하나에 자식이 일생토록 행복하기를 비셨을까? 아마도 오늘 하루가 평안하길 기도하셨을 것이다. 기도는 평생 단 한번만 하는 일이 아니다. 나무도, 할머니도, 시인도 촛불 하나로는 하룻밤의 어둠만 밝힐 수 있을 뿐임을 안다. 매일 밝기를 원한다면 매일 촛불을 켜야만 한다. 수많은 겹꽃잎 하나하나가 생생할 때에만 한송이가 온전하게 싱싱한 법이니까 과연 맞는 말씀이라고 귀를 쫑긋하며 듣던 국화꽃도 끄덕인다. 몇개의 꽃잎이 시들

할 뿐인데도 꽃의 노란빛은 많이 초췌해졌다. 국화가 환한 노랑으로 빛나려면 시들하게 꺼진 꽃잎들을 다시 피워야 한다. 하지만 식물의 시간은 느리다. 새로운 겹꽃의 촛불들을 붙이려면 다음 가을날까지 기다려야 한다.

하이데거 식으로 표현하면 이 기다림이 시인의 '근본기분(Grundstimmung)'이다. 시인의 시간이 식물의 시간을 닮아 있기 때문이다. 식물의 시간을 사는 사람은 언제나 기다려야 한다. 그렇지 않으면 『맹자』에 등장하는 농부처럼 어리석은 사람이 된다. 한 농부가 곡식이 빨리 자라도록 돕겠다며 싹을 쭉쭉 뽑아 올리는 바람에 모두 말라 죽었다는 알묘조장(揠苗助長)의 고사가 말해주듯, 풀과 꽃과 나무를 사랑하는 사람은 기다림 없이는 사랑을 이루기 어렵다. 무언가를 심은 뒤에는 풀이 자라기를, 꽃이 피기를, 나무가 우거지기를 언제까지나 기다려야 한다.

이러한 근본기분은 예수의 탄생과 다시 오심을 기다리는 대림절에 관한 시에서도 드러난다. "기다림의 초가 다 타면/다시 뉘우침의 초에 불을 붙이고"(「대림(待臨)」) 맞이하는 대림절은 잊지도 말고 조장하지도 말라는 식물적 가르침인 물망물조(勿忘勿助)를 떠올리게 하는 절기이다. '대림절'을 뜻하는 라틴어 '아드벤투스(Adventus)'는 '다가옴'이라는 뜻을 지녔는데, 기다리는 사람은 언제나 이 '다가옴'의 희망속에 머문다. 그는 올 때가 되면 꽃이, 그분이, 그날이 올 거라고 믿어왔고 또 믿어야 할 사람이다. 그래야만 기다릴 수 있다. 어쩌면 '시인'이란 계속 기다리던 사람, 아니 계속 기다리고 싶어서 도무지 절망할 수 없는 사람인지도 모른다.

4. 늦은 꽃나무로부터 늦은 꽃나무로

시인은 "나는 늦게 핀 꽃들의 운명을 사랑합니다"라고 고백한 뒤에 "제 계절을 안다는 것/그게 천명을 안다는 것"(「늦게 핀 꽃도 아름답다」)이라고 덧붙인다. 만일 모든 꽃이 제 계절을 알고 피는 것이라면, 시인은 늦게 피는 꽃은 없다고 선언해야 하지 않을까? 그러나 늦게 피는 꽃은 있다. 꽃의 시간을 동경하는 시인이 있기 때문이다. '동경(Sehnsucht)'은 독일 낭만주의자들이 사랑했던 단어로, 먼 곳의 가까움을 보는(sehen) 병(Sucht)을 의미한다. 그것은 멀리 있는 꽃의 계절을 아주 가까이서 예감할 때 느끼는 고질병 같은 것이다. 시인이 겪는 이 '희망과 함께 오는 불가피한 아픔'에 우리는 이미 익숙하다. 반세기 전에 김수영은 이렇게 노래했다. "먼 곳에서부터/먼 곳으로/다시 몸이 아프다//(…)//능금꽃으로부터/능금꽃으로……//나도 모르는 사이에/내 몸이 아프다"(「먼 곳에서부터」).

테네시 윌리엄스는 우리를 가장 먼 곳으로 데려가는 것은 시간이라고 말했다. 언젠가 시간은 우리가 멀다고 느꼈던 미래의 장소로, 그 먼 곳에 피어나게 될 꽃으로 우리를 데려갈 것이다. 하지만 그사이에 우리는 왜 아픈가. '늦게' 핀다는 것은 꽃의 사건이 아니라 먼 곳의 시간을 당겨와 가까이 느끼는 존재에게 벌어지는 사건이기 때문이다. 멀리 있는 것이 손에 잡힐 듯 가까이 느껴지니 얼마나 간절하고 아쉽고 아프겠는가. 그러나 이 아픔이 우리를 어떤 장소에 오래도록 서 있게 한다.

　라일락은 왜 거기 있을까

　사월이
　간절하게 불러서
　거기 있다

　너는 왜 거기 있는가

──「라일락」 전문

"너는 왜 거기 있는가"라는 물음에 우리는 이제 답할 수 있다. 네가 동경하는 자라서 그렇다. 하지만 '너'는 어쩌다 먼 곳의 가까움을 느낄 줄 아는 존재가 되었는가. 그것은 네가 동경하는 먼 곳이 단 한번도 경험하지 못한 곳이 아니라 이미 경험했으나 잃어버린 곳이기에 그렇다. 동경의 대상은 신학자에게는 성경 속의 잃어버린 낙원이고, 유학자에게는 주나라의 태평성세와 같이 이미 실존했던 정치적 이상향이다. 한번 존재했기에 분명 또 온다고 믿을 수 있는 한편 지금은 없기에 상실의 아픔을 주는 것이다.

역사적 감각을 지닌 시인에게 동경의 대상은 역사 속에서 일어났던 위대한 사건이며 지금은 사라졌지만 다시 여기로 돌아와야 할 사건이다. 시인이 라일락이 거기 서 있는 이유는 '사월이 불러서'라고 말할 때, 우리는 그의 '사월'에서 자연적인 동시에 역사적인 함축을 발견한다. 라일락이 피는 것은 지나간 봄들에도 그 꽃이 피었다는 것을 기억하는 4월이 간절히 불러서이다. 그리고 지나간 혁명의 함성을 기억하는 역사의 4월은 꽃을 부르듯 '너'를 간절히 부른다. 그러므로 '너'도 또 한번 위대한 사건을 동경하며 거기 서 있을 수밖에 없다.

꽃과 혁명의 시간은 모든 조건이 무르익는 제때에 오지만 먼 곳을 가깝게 느끼며 동경하는 사람은 늘 너무 늦게 오는 듯 여긴다. 늦음은 항상 그를 아프고 고통스럽게 한다. 그런데 고통의 원인이 되는 가까움은 그가 이미 그것을 이전의 역사 속에서 만난 적이 있다는 데에서 비롯된다. 즉, 동경은 일종의 순환성에서 만들어진다. 언젠가 보았던 것이 먼 데서 다시 돌아오리라는 예감 속에서 동경하는 자는 항상 아픔을 수반하는 반복을 노래한다. 동경하는 자는 언젠가 있었던 먼 곳에서부터 언젠가 다가올 먼 곳으로 움직이는 그 사이, 몸이 아픈 사람이다.

시인이 동경의 순환성을 이해하고 아픔 속에서도 용감하

게 기다릴 줄 아는 감각을 제대로 배울 수 있었던 것도 자연으로부터였다. "부패를 끌어안고 버티는 동안/날카로운 흰빛은 퇴색하고/비린내는 내 몸을 덮었다"(「소금」)고 느끼는 외롭고 남루한 순간마다 그는 끊임없이 "지난해 내게 왔던 매화꽃이 다시 왔다"(「초봄」)는 자연의 반복을 환기한다. 봄꽃의 약속이 지켜졌듯이 가을과 겨울의 늦은 꽃이 나무에게, 또 자신에게 올 것임을 시인은 믿는다. 지금 그는 늦은 꽃나무로부터 늦은 꽃나무로 이어지는 기다림의 길 한가운데 있다. 한 나무 옆에 살며시 서 있는 다른 나무들처럼 우리도 그의 옆에 서 있고 싶다. 혼자서 기다리기에 역사의 시간은 너무 길고 느린 법이니까.

陳恩英 | 시인

"너는 왜 거기 있는가?"

사월의 꽃들이 묻습니다.

대답을 준비하는 동안 모여든 생각들이 꽃잎처럼 흩날리며 떨어져 쌓입니다.

지금 우리는 '정오에서 가장 먼 시간'에 와 있습니다.

정오는 밝고 환한 시간입니다. 생명을 가진 것들이 가장 왕성하게 살아 움직이는 시간입니다. 사람과 사람, 사람과 세상, 사람과 자연이 푸르고 따뜻하게 공생하는 시간입니다. 알베르 까뮈는 정오를 균형 잡힌 시간이라 했습니다. 지금 우리의 내면은 균형이 깨진 채 극단으로 가 있습니다. 세상도 극단으로 치닫고 있습니다. 우리의 내면이 외화된 게 세상이라고 한다면 어둡고, 거칠고, 사나운 세상은 우리가 만든 것입니다. 성찰 없는 용기, 절제 없는 언어, 영혼 없는 정치는 전쟁 같은 일상을 살아가게 합니다.

"가을 물같이 차고 맑은 문장은 흙먼지에 물들지 않는다(秋水文章不染塵)"라는 말이 있습니다. 흙먼지 몰아치는 하루하루를 살면서 티끌과 먼지에 물들지 않고 산다는 건 쉬운 일이 아닙니다. 세상은 오탁악세(五濁惡世)나 다름없고 내면은 갈수록 황폐해지는데 시의 정신, 시대정신을 견지하는 일은 어려운 일입니다. 그나마 시와 만나는 시간은 영성을 회복하는 시간이었습니다. 간절해지는 시간, 고요와 균형을 회복하는 시간, 거진이진(居塵離塵) 하는 시간이었습니다. 시의 위의(威儀)를 지키며 품격을 잃지 않는 시, 가슴에 따뜻하게 다가가는 시, 가을 물같이 차고 맑아 정갈하게 마음을 씻어주는 문장, 서로에게 위로가 되고 작은 힘이 되어주는 언어가 되고 싶었습니다.

"너는 왜 거기 있는가?"
오월의 나무들도 묻습니다.
대답을 하지 못하고 있는 동안 쌓인 고뇌의 흔적들을 우선 시로 먼저 내어놓습니다. 부족하고 부족한 데가 많은 저를 데리고 이 순간까지 함께 와주신 분, 여기까지 동행해주신 고마운 분들께 머리 숙여 깊이 절합니다. 고맙습니다.

2024년 4월
도종환

창비시선 501

정오에서 가장 먼 시간

초판 1쇄 발행 / 2024년 5월 10일
초판 3쇄 발행 / 2024년 8월 12일

지은이 / 도종환
펴낸이 / 염종선
책임편집 / 김가희 박지호 박문수
조판 / 박지현
펴낸곳 / (주)창비
등록 / 1986년 8월 5일 제85호
주소 / 10881 경기도 파주시 회동길 184
전화 / 031-955-3333
팩시밀리 / 영업 031-955-3399 편집 031-955-3400
홈페이지 / www.changbi.com
전자우편 / lit@changbi.com

ⓒ 도종환 2024
ISBN 978-89-364-2501-2 03810